光文社文庫

文庫書下ろし

火星より。応答せよ、妹

石田　祥

光　文　社

この作品は光文社文庫のために書下ろされました。

火星より。応答せよ、妹

◆西東京市より　20×1年　一日目

すべての事柄には、時間差が生じる。

タイムラグだ。

小学校の体育館には、お年寄りから赤ちゃんまで多くの西東京市民が集まっていた。パイプ椅子だけでは足らず、児童用の椅子まで教室から持ち出され、それでも座り切れない人たちは後ろで立ち見している。にわか仕立てのパブリックビューイングだ。

特設された超大型モニターには、管制室でインタビューを受ける欧米人の映像が流れている。かの有名なアメリカ航空宇宙局、NASA館内の特別放送だ。

だが、会場でそれを熱心に見ているのは『西東京宇宙工学研究会』の子供たちくらいだ。ほかの地域同様に高齢化が進む西東京市では、科学への関心が薄い。街の人が待ち望んでいるのはNASAの映像ではなく、彼の姿だ。

「ねえ、芸能人みたいね」

中学時代からの友人、中島桃菜《なかじまももな》が肩で肩を突いてきたが、ひろ乃《の》はすぐに反応できなかった。熱気とざわつき、そして緊張のせいか、よく聞こえない。自分の鼓動のほうが大きいくらいだ。

「え、何か言った？」

「だから、さっきから、結構あんたにカメラが向けられてるんだってば」

桃菜に促され、ひろ乃は渋々正面の特設モニターから目を離した。体育館にはテレビ局の取材が何組もいて、時折、観客側にカメラを向けてくる。白熱する地元の様子を生中継しているのだ。

ひろ乃は友人たちと一緒に、最前列に座っていた。親戚やご近所、中学の恩師などは少し後ろにいる。両親はまったく知らない地元名士とやらに囲まれて、仕方なく貴賓席に座らされていた。

「ほら、ネットでもこんなに流れてるよ」

桃菜が手元のスマホを見せてきた。そこにはひろ乃がアップで映っている。誰が撮影しているのか、リアルタイムの動画だ。まばたきをすれば、画面のひろ乃もまばたきをする。

「いっぱいコメントきてるよ。『瀬川《せがわ》の妹、まじカワイイ』だって。これ、どっから流してんだろうね。角度的に右のほうなんだよね。あっちの……」

桃菜が体を寄せてくると、スマホの中のひろ乃に桃菜の顔が被《かぶ》さった。

「ゲッ、やだ。私まで映っちゃってるじゃん。ヤバイ、ヤバイ」

途端に大量の辛辣《しんらつ》コメントが画面に流れ込む。今、起こっている映像を見て、どこかの誰かが文字を発信しているのだ。

それでも、完全に同時ではない。どんなに機械が精密でも時間差は生じる。たとえ同じ場所にいたって、声が耳に届くまでには、体感できないわずかな時差があるのだ。

ひろ乃はようやく理解した。兄は、随分と遠くへ行ってしまったのだ。

動画に映り込んだ桃菜はコソコソと耳打ちをしてきた。

「私、最近、顔出しNGにしてるんだ。ちょっと前にテキストのみの超レトロなマッチングサイトで、いい感じの人と知り合ったんだよね。でも検索したら相手の顔とか探せちゃうでしょう。気取った文章でやり取りしてんのに、お互い、顔がわかったら白けちゃわない？」

「そうだね」

心ここにあらずで答える。

突然、スピーカーからザザッと大きな雑音がした。会場にいる誰もが動きを止める。

次の雑音で、緊張が走る。それまでうろついていた人々が慌てて席に戻り、テレビのリポーターがカメラに向かって語り出す。

特設モニターに映っていたNASAの館内が、別の映像に切り替わった。画面が乱れ、ノイズが走る。ひろ乃は強く両手を握り締めた。心臓がバクバクと鳴り響く。

一瞬、モニターが真っ白になった。そして、瀬川響也《きようや》が現れた。

息を飲んで、タイムラグ。歓声が巻き起こる。

会場が大騒ぎをする中、ひろ乃はただモニターの響也を見つめていた。映像は粗く、不鮮明だ。だが兄がいつものように薄く微笑《ほほえ》んでいるのはわかった。

「ひろ乃！　お兄さん、めちゃカッコいい！」

隣では桃菜が興奮している。ひろ乃は真っ直ぐ前を向いたまま小さく頷《うなず》いた。

「うん」

「あんたってば、ほんとクールなんだから。私のほうが感動して泣いちゃいそうよ」

桃菜はそう言うと、モニターに向かって必死に手を振っている。誰もがみんな、響也の名前を呼びながら手を振っている。泣いている人もいた。

ひろ乃も感動していた。写真や録画ではない兄を見たのは久しぶりだ。映像にまだ動きはなく、止まった状態だ。彼の頬は最後に見た時よりもほっそりとしていた。ああ、少しだけ痩せたな。そう思って、胸がギュッと締め付けられる。

ザザッと小さな雑音のあと、静止画が動き出す。

『……地球のみなさん、聞こえていますか』

響也の声がスピーカーから聞こえてくると、また大きな歓声が起こった。誰かが「シーッ」と諫《いさ》めて、慌てて口をつぐむ。響也はまるでこちらの熱狂ぶりを知っているかのように、黙って微笑んでいた。

ざわつきが消えた頃、彼はゆっくりと喋《しゃべ》り出した。

『僕は今、火星にいます。地球を旅立ってから、三か月と少しが過ぎました』

時々音が乱れるが、響也は声も姿も元気そうだ。ちょうどデスクでパソコンに向かうような姿勢で、上半身だけ映っている。重々しい宇宙服ではなく、ラフなTシャツ姿。屋内では普段と変わらないと言っていたが、格好だけ見ると、本当に実家にいた時のようだ。

ひろ乃は昔を思い出し、懐かしくなった。自然と顔がほころぶ。

すると、まるでそれに合わせたかのように響也も笑った。

『地球のみんながこの映像を見るのは、七十二時間後かな。完璧な動画を届けるには、地球と火星の間にはそれだけの通信時差があります。僕がこうして手を振っている映像は、三日前というわけです。不思議ですね』

響也の手のひらが優しく揺れると、体育館にいる人々からため息が零《こぼ》れた。

ひろ乃は周りに目を馳《は》せ、苦笑いをした。昔から響也を知っているのに、隣にいる桃菜ですら恍惚《こうこつ》としている。兄はいつも悠然としていて、耳当たりの良い声は人を魅了する。このタイムラグ七十二時間の宇宙中継は、NASAと日本政府が協力して通常のテレビやネットでも放送されている。彼の微笑みに、きっと日本中がうっとりとしていることだろう。

『今のところは、すべて予定通り進んでいます。宇宙船から遠隔操作で居住棟を設営して、火星にあるキャンプとの接続も完了しました。ここが、できたばかりのクルー用の居住棟です』

カメラを動かして、周りを映す。白っぽい壁に床、テーブルに椅子。シンプルなモデルルームといった感じだ。角度を変えると奥のほうに人がいた。若い白人男性がこっちに向かって手を振っている。また歓声が上がった。

カメラが響也に戻る。

『彼は同じエリアにいるニコライです。僕ら火星移住開拓員は二年間、ここで暮らします。それぞれ個室をもらってるんだけど、大学の頃に一人暮らししていたアパートよりも広くて快適です。ここへ来るまでの宇宙船生活でも、誰も体調を崩すことなく、降下ミッションは無事クリアしました。とは言っても、実際には、僕らはまだ火星に降り立っていません。宇宙船から降陸エレベーターで直接キャンプへ入ったので、外には出ていないんです。多分、宇宙が好きな人はこの火星着陸プランを勉強してきてくれたんじゃないかな』

響也が手を振ると、体育館にいる『西東京宇宙工学研究会』の子供たちが騒いだ。

人類が初めて火星に降り立ったのは、今から十数年前だ。響也は高校生で、ひろ乃はまだ小学生だった。そのあとも有人着陸は繰り返され、今はキャンプと呼ばれる大型居住施設で試験的に人が暮らしている。

火星移住というSF映画の世界は、現実になりつつある。だが一般人からすればやはり未知の領域だ。

それが急に身近になった。響也が火星開拓員に選ばれてからはずっと、彼の地元の西東京市はお祭り騒ぎだ。テレビや雑誌で何度も特集され、瀬川響也は日本で最も注目される男性になった。今日も、多くの人が響也をひと目見ようと体育館に押し寄せている。

だが、ひろ乃にとって兄は兄だ。

遠くの星で兄が喋っているのは妙な感じだ。響也はアメリカで暮らしていたので、火星に発つ前も会えない期間が長かった。それでもオンラインでお互いに顔を見ながら話していると、距離は感じなかった。完全に連絡ができなかったのは、火星到着までのこの三か月間だ。顔どころか声さえ聞けなかったのに、非現実が思考を鈍らせ、寂しさもなかった。

それが今、動き出す。

火星。

本当に、何をどうしても、届かない場所というのがあるのだ。

ぼんやりと宇宙の彼方に意識を馳せる。だが、画面の向こうはこちらが見えていない。

これは一方通行の映像だ。

『火星に足を下ろすのは、あさってです。つまり、みなさんがこの映像を見ている時にはもう、僕はアームストロング船長のように火星で飛び跳ねているってこと。もしくは運悪く、外に出た途端、火星人に拉致《らち》されているかもしれない。今までの探索で火星に生物は確認されていないけど、わからないからね。本当に僕は遠くに来ました。この声が届くのが三日後なんて、正直、少し寂しいです。この目で、今、この先に誰がいるのか見てみたいです。人工衛星をいくつも経由しているのと、惑星の自転速度の関係で、そちらからの通信は更に時間差があります。僕がここで面白いことを言っても、そこにいるみなさんの笑い声が僕に届くまでは、百十二時間。五日もかかるんです』

響也が目を伏せた。穏やかだが、少し悲し気な表情だ。

周囲から囁《ささや》き声が聞こえた。心配か、憂《うれ》いか。隣の桃菜がまた肩を小突いてきた。

「ねえ、お兄さん、ホームシックなんじゃないの？」

「まさか」と、ひろ乃は横目で笑った。「そんな繊細な人じゃないわよ」

『実はちょっとホームシックです』

響也が照れくさそうにはにかむと、会場がざわついた。「やっぱり」「可哀《かわい》そう」などと、同情の声が聞こえてくる。ひろ乃は嫌な予感がした。兄がこういう顔をする時は、大抵何かの前振りだ。

『なので、火星に着いてから宇宙食以外で最初に食べるのは、これです』

そう言って響也がカメラの前に突き出したのは、丸くて赤いメロンパンだ。会場に割れんばかりの大爆笑が起こる。

「でた！　ベーカリー・マーズの火星パン！」

「宇宙まで持っていったのかよ！」

会場は盛り上がった。明るい笑い声が湧き、ひろ乃の周りも大笑いしている。桃菜が興奮して背中を叩《たた》いてきた。

「ひろ乃！　あんたのお兄さん、めっちゃ可愛《かわい》いじゃん！」

「可愛くないよ」

ひろ乃は小声で言った。ザクロを練り込んだビスケット生地の火星パン。火星の深い峡谷《きょうこく》や高い山を表すためにわざといびつな形にしてある。店を開くと決めた時、いち押しとなる看板商品としてひろ乃が創作した菓子パンだ。毎日完売の人気商品だが、火星到着が近づくにつれて問い合わせが殺到し、ここ数か月は他のパンの数を減らして火星パンの製造を増やしている。

モニターの向こうで、響也が赤いメロンパンをひとかじりした。

『うまい。これは僕の妹が作ってくれたパンです。地球から持ってきました。宇宙では自然形態食の保存が難しいので、貴重な一品です。もう一個持ってきたんですが、それは火星を発つ時まで取っておきます。火星での最初の晩餐と最後の晩餐は、ヒロ、おまえが焼いてくれたパンだよ』

また、歓声が上がった。ほとんどが女性の黄色い声だ。会場にいるテレビカメラがひろ乃に向けられ、リポーターが興奮気味に何かを言っている。

「ひろ乃！　あんた、羨ましい！」

桃菜に揺さぶられながら、ひろ乃は半ば呆《あき》れて兄を見ていた。どうしてこの人はこういうことを、公衆の面前でぬけぬけと言うのだろう。昔からそうだった。スッキリした目鼻立ちのせいでいつも涼し気に見える兄は、こっちが困惑するようなことを平気で言うのだ。

『おーい、聞こえてるか、ヒロ。地球の妹よ、応答せよ』

響也は楽しそうに手を振っている。また、キャアと会場から声が上がった。

『ヒロ、そこにいるな？　あれから三か月経《た》ったけど、兄ちゃんが言ったこと覚えてるか』

ひろ乃はギクリと肩を震わせた。微笑む兄は、堂々としている。明らかにカメラ映りを意識した顔付きだ。

まさか、と息を飲む。いくらなんでも、まさか。

あれは冗談のはずだ。たとえ冗談じゃなかったとしても、日本中の、いや世界中の人が見ている前で、馬鹿なことをするはずがない。

『俺は無事に火星に着いたよ。随分と遠くまで来たけど、あの時と何も変わってない。でも地球と火星じゃ、ちょっとタイムラグがあるから、もう一度ちゃんと伝えておくよ。ヒロ、結婚してくれ。俺の嫁さんになってくれよ』

誰もが固まった。こんなにも大勢がいるのに、物音ひとつしない。会場にいるリポーターでさえ棒立ちだ。

モニターの向こうでは、響也がゆったりと微笑んでいる。そんな兄を見て、ひろ乃は深々と息を吐いた。

お兄ちゃん、あなた、馬鹿ですか。

◆二十一年前

瀬川響也は自宅近くのファミレスで、初めて渡辺《わたなべ》母娘と顔を合わせた。

始終、緊張しっぱなしの父と比べて、再婚相手の渡辺美乃梨《みのり》はのほほんと穏やかで、優しかった。いい人を見つけたと、響也は思った。男手ひとつで自分を育ててくれた父の謙《けん》二郎《じろう》を幸せにしてくれそうだ。

響也さえよければ、二人はすぐにでも一緒に暮らしたいという。異存はなかったが、本音では、もう少し再婚があとならよかったのにと思う。

響也は十三歳だ。まだ独立できる年齢ではない。

予定では地元の公立高校へ進学し、金のかからない国公立大学を目指すつもりだ。だが家族構成が変わるなら、寮のある遠方の高校も視野に入れようか。帰ったらすぐに、自分の進学計画を見直そう。

謙二郎と美乃梨の前ではそつなく笑っていたが、食事をしながら響也はずっとそのことを考えていた。行きたい先を自由に選べるだけの成績を保つ自信がある。父に気を遣わせないよう、うまく独り立ちしよう。

「あれ、車の鍵がない」

ファミレスの駐車場で、謙二郎があたふたと鞄《かばん》やポケットを探り出した。鈍くさい父にはよくあることなので、響也は黙っていた。すると美乃梨も鞄を探り出した。

「あら、私は携帯電話がないわ」

「あはは。ファミレスの席に忘れてきたのかな」

「ふふふ。きっとそうね」

二人して笑い合っている。温度感が似ているらしい。

「ごめん、響也君。ちょっとだけヒロのこと見ててくれるかしら」

「あ、はい」

響也は唐突に理解した。そうか、これからこういう時には、義妹の面倒を見る立場になるのか。

自分の腰ほどしかない女児を見下ろす。保育園の年中組だと言っていたか。向こうもこっちを見上げている。黒目がちの大きな目は、まるで子犬のようだ。

母親の美乃梨とは違い、娘のひろ乃はほとんど笑わなかった。だが行儀はよく、聞かれたことには素直に答えていた。きっとおとなしい子供なのだろう。

それでも謙二郎と美乃梨がいなくなると、響也は困惑した。急に走り出したりしないといいが。幼児に関わったことがないので、扱い方がわからない。

いきなりひろ乃が空を指差した。

「赤い」

「え？」

ひろ乃は何かに驚いたように目を丸々と見開いている。

「赤？」

響也はひろ乃のそばに屈《かが》んで、小さな指の先を追った。夜空を指していた。

そこには数えきれないほどの星が瞬いている。そのひとつが、赤かった。

「ああ、あれは火星だよ。今、火星が地球に近付いているから、肉眼でもはっきり赤く見えるんだよ」

「カセイ？」

「そう。火の星って書いて、火星」

屈んだまま、ひろ乃と目を合わせる。ひろ乃は表情を変えることなく目だけを大きくしている。

「熱いの？」

「熱くないよ」

「怖い？」

フッと響也は笑った。

「怖くないよ。火星は、宇宙にある地球とは別の星だよ」

「赤いね」

「そうだね。地表を覆う酸化鉄のせいだよ。ここまではっきりと赤く見えるのは、滅多にないんだよ。今は火星が地球に近い位置にあるからね」

「行ける？」と、ひろ乃が小首を傾《かし》げた。その仕草の可愛らしさに、響也はまた笑った。

「うーん、行くのはちょっと難しいかな。あの星はとても遠くにあるんだよ。目に見えてるけど、あの光も実際には少し前の光なんだ」

その時ふと、疑問が湧いてきた。火星とは、どういう星なんだろう。地球と太陽の距離は確か一億四千九百六十万キロだったか。光の速さで約八分。今まで天文学には興味がなかったが、宇宙の構造そのものが気になってきた。

ひろ乃はまだ不思議そうに夜空を見上げている。子供に理解してもらうには、こちらの知識が足りなかった。もっと簡単に説明できない自分がもどかしい。

「見える？」

ひろ乃が期待のこもった目で響也に問いかける。どういう意味だろうかと少し考えて、ピンときた。

「向こうから見えてるかってこと？　ああ、向こうからもこっちが見えてるよ。ちょっと時間差があるけど、同じように火星からも地球が見えるんだ」

ただの光の点だけどね。

だがそれは言わないでおいた。ひろ乃は火星に向かって両手を大きく振り出した。

「バイバーイ！　バイバーイ！」

興奮して鼻息荒く、目を輝かせて手を振り回す。

響也は唖然《あぜん》とした。

なんだ、この行動は。なんだ、この可愛い生き物は。

夜、ファミレスの駐車場で火星に向かって手を振る四歳の女の子が、響也の心に今までなかった感情を呼び覚ました。ひろ乃がパッと顔を向けた。その目にあるのは、期待と緊張だ。

「届いた？　カセイ、見たかな」

響也はしばらくひろ乃を見つめたあと、自分も火星を見上げた。皓々《こうこう》と赤く光る星は、すぐ近くに思われた。

「そうだな。きっと届いたね」

するとひろ乃がクシャッと笑った。嬉《うれ》しそうにはしゃいでいる。こんなことで喜ぶのかと、幼気《いたいけ》さに胸が熱くなる。

美乃梨の声がした。謙二郎と並んでこっちへ歩いてくる。

「ママ」と、ひろ乃が顔を明るくした。そしてなんの躊躇《ためら》いもなく、小さな手を響也の手に滑り込ませてきた。手を握ることを当たり前としたそんな子供の行為は、響也を驚かせた。

その手の小ささ。ギュッと指を握られ、息が止まる。

ひろ乃は母親の元へ行こうと、手を引っ張ってくる。美乃梨と謙二郎は笑っている。

「あら、ヒロちゃん。もうお兄ちゃんと仲良くなったの？」

美乃梨がそう言うと、ひろ乃は大きく頷き、促すように響也を見上げた。

こいつめ、自分が可愛いってわかってるな。

響也も笑って頷いた。

両親が離婚したのは響也がまだ二歳になるかならないかの頃だ。理由は知らないが、母親が出ていき、そのあとは一度も会っていない。記憶にないので、恋しい気持ちは育たなかった。響也が幼かったので、父は周囲から再婚を勧められていた。だが父は息子に手が掛からなくなるまで一人で育ててくれた。

再婚相手にも子供がいると聞いた時は、ちょうどいいと思った。互いに同じ条件のほうが負い目は減る。響也のほうは、もう誰かに面倒を見てもらう年齢ではない。父には今までの分を取り戻してほしい。新しい奥さんと娘が父を幸せにしてくれるのなら、自分は少しくらい損な役でもいい。そんなことを考えていたのに、今夜、地球に近付いた火星のせいで、響也の価値観は大きく変わった。妹ができた。これは妹で、この手を離してはいけない。

響也は小さな手を握り返した。小さな歩幅で足を出す。

そして火星を見た。妹のバイバイが星に届くまでどのくらいだろう。それを受け取るのは、今はまだ無機質な探査機だけだ。確か有人探査は数年後に予定されていた。もうすぐ、火星に人が降り立つのだ。

その時、響也は決めた。

ひろ乃が振った手を、いつか自分が受け取りに行くのだ。

あの赤い星まで。

◆西東京市より　20×1年　二日目

朝の淡い光に意識が薄らいでくると、すぐに昨日の出来事が蘇《よみがえ》ってきた。

ひろ乃は重い体を起こした。昨日からベーカリー・マーズは臨時休業にしている。いつもは四時起きなので七時でも寝すぎなくらいだ。

スマホを見ると、すでに恐ろしい数の連絡が入っている。その中で桃菜の分だけをチェックして、自分の部屋から出た。

居間では、母の美乃梨がテレビを見ていた。ひろ乃に気が付くと、嬉しそうに言う。

「ちょっと！　ヒロちゃん！　大変なことになってるわよ」

「わかってる」

ひろ乃はテレビには目を向けずに、洗面所で顔を洗った。鏡にはひどく疲れた自分が映っている。気怠《けだる》いのは寝すぎのせいではない。

馬鹿な兄のせいだ。

居間へ戻ると、テーブルやソファの上には新聞紙が広げられていた。何部もある。

「どうしてこんなにたくさんあるの」

「先月から契約してんのよ。だって響也君のことがいっぱい載ってるんだもの」

「今どき紙媒体の新聞なんて」

ひろ乃は呆れた。どの新聞の一面も、響也の顔が大きく掲載されている。美乃梨が新聞を手に読み上げる。

「日本人初の火星移住開拓員、義理の妹に宇宙から愛の告白、ですって。もう、やだ。お母さん、恥ずかしくなっちゃうわ」

美乃梨は嬉しそうに体をくねらせ、少女のように頬を染めていた。

ひろ乃はいくつか新聞を見たが、眉間の皺《しわ》は深まるばかりだ。どの見出しも、火星からの歴史的な通信よりも、響也の度胆を抜いた告白について書いてある。ひろ乃の顔写真も掲載されている。一般人をこんなに大きく晒《さら》して、許されるのだろうか。文句があるなら兄に言えということか。

「テレビでも、朝からずっと響也君とヒロちゃんの話題ばかりよ。どのチャンネルもよ。すごいわねえ。家の前にもリポーターの人がたくさんいるけど、ほら、うちは政府のなんとかかんとかで護衛対象になってるじゃない。警備の人がいるから中まで入ってこられなくて残念よね。お母さんでよければいくらでも喋るのに」

「冗談言わないで。取材とか、絶対に受けないでよね」

ひろ乃が顔をしかめると、美乃梨はシュンとした。

「でもお母さん、自慢したいわ。だって息子が宇宙飛行士になって火星へ行ったなんて、すごいことだもの。そりゃあ、響也君は私のほんとの息子じゃないし、あそこまで優秀なのはあの子自身の努力だけど、お母さんだってちょっとは自慢したいもの」

「そういう自慢はしてもいいけど、私とお兄ちゃんのことで取材を受けるのはやめてよね。きっと面白おかしく脚色されるだろうから」

「じゃあ、ご近所さんとか親戚にはなんて答えたらいいの？　昨日から、二人はいつからそういう仲だったんだって、質問攻めなのよ」

するとと美乃梨は急に両手で顔を隠した。

「キャッ、恥ずかしい！　お母さんも二人がそんな仲だなんて知らなかったから、びっくりしちゃった」

「そんな仲じゃないし」

ひろ乃はため息をついた。

母が能天気な人でよかったと、心底思う。事実ではないにしろ、娘と再婚相手の息子が裏でデキていたなんて、普通ならショックなはずだ。しかもあんなふうに、公衆の面前で知らされるなんて。

テレビの情報番組では、瀬川響也について熱く語られている。中学時代の真面目な写真から、高校での剣道の試合写真、アメリカ留学時代の少し調子づいた姿、民間企業でエンジン開発技師として活躍していた精悍《せいかん》な写真が大きく画面に映されている。

どの兄も、知った顔だ。世間が騒ぐほど男前とは思わない。他の外国人クルーと並ぶ写真では身長が一番低いし、実家にいた時はいつも寝ぐせがひどかった。

だが、五、六歳の幼少期の写真が映されると、奇妙な感じがした。ひろ乃にとっては最初から大人に見えた兄も、子供時代があったのだ。

「お兄ちゃんって、昔から優秀だったもんね」

ひろ乃は小さく呟《つぶや》いた。美乃梨は嬉しそうに新聞を眺めている。

「そりゃあ、中学の時から学校の先生も一目置いてたもの。成績がいいだけじゃなくて、本当に賢かったし、それに私やヒロちゃんのことをすごく大事にしてくれたものね。ああいう心の優しさはきっと謙二郎さんに似たんでしょうね」

「そういえばお父さんは?」

どちらかというと、昨日の件では父のほうが心配だ。義理の父親の謙二郎は、息子の響也とはまるで似ていない。人がよく、天然。市役所に勤めるごく普通の公務員だ。

「お父さんならもう仕事よ。っていっても今日も一日中、お偉いさんと一緒に挨拶回りだって。本人はまったく宇宙のことに詳しくないのに宇宙推進課なんかに配属されて、大変よね。それに午後にはまた体育館に集まるから、その準備もあるそうよ」

そうだった、と、ひろ乃はうんざりした。

火星から届く映像は、昨日と今日の二日間、生放送される予定だ。だが、NASAも考え直すかもしれない。宇宙飛行士があんなふざけたことを言うとは想定外だろう。少なくともリアルタイムでの放送はやめてほしい。

「私、今日は会場に行きたくないわ」

「ええ？　駄目よ、そんなの。町を挙げて響也君を応援してくれてるのに、家族が行かないなんて駄目、駄目」

「でもまたとんでもないこと言うかもしれない」

「そんなの気にすることないわよ。きっと昨日は、響也君もホームシックとか時差ボケのせいで感情的になってたのよ。今日はきっとシャキッとしてるわよ」

今日じゃない。ひろ乃は少し憂鬱だった。

今日はもう、火星での三日前だ。生放送であってもそうではない。公開プロポーズした翌日に兄が何を言ったのか見当もつかず、未来はもう過ぎ去っていて、気を揉《も》むだけ無駄なのだ。

そもそも兄にはどこか人を食ったようなところがある。予測などできない。

ひろ乃が外に出ると、大勢のマスコミが待ち構えていた。カメラマンやリポーターが押し寄せるが、有難いことに警備員が制止してくれた。もしかして、これも見越しての兄の言動だろうか。

待ち合わせしている駅近くのカフェに入ると、先に桃菜が来ていた。手を振ってくる。

「よっ！　火星人の妻」

「全然笑えない」

ひろ乃は不機嫌な顔で座った。家からついてきたマスコミは、カフェの外からカメラを向けている。桃菜は楽しそうに口角を上げているが、目ははっきりと見えない。薄い色付きのサングラスをしているのだ。

「桃菜。なんでサングラスなんかしてるの」

「だって私、今、顔出しNGだもの。マスコミに写真撮られたくないの。それよりも、ネット見た？　昨日からあんたのことで持ちきりよ。禁断の兄妹愛。宇宙空間を超えた許されざる関係だって。もうお祭り騒ぎよ」

「何が禁断よ」

祭りでもなんでもすればいい。だが、兄妹関係をとやかく言われる筋合いはない。更に仏頂面になったひろ乃に、桃菜が笑いかける。

「まあ、私はひろ乃のお母さんが再婚したって知ってるからさ、二人が付き合っても、なんにも問題ないと思うよ。でもお兄さんのファンにしてみればショックでかいよ。いや、逆に萌《も》えるのかな。義理の妹への思いを火星から送る宇宙飛行士。うん、いけるね」

「わけわかんないこと言わないで。確かに血は繋《つな》がってないけど、私とお兄ちゃんはちゃんとした兄妹よ」

「ふふ、まあね」と、桃菜が笑った。「でも世間は放っておかないでしょう。長引くと厄介だからさ、なんて答えたかサッサとあいつらに教えてやんなよ」

桃菜が窓の外を顎で指す。若い女性リポーターがカメラに向かって喋っているのを見て、ひろ乃は呆れた。

「他にネタがないのかしら」

「今はどんな芸能人よりも、ひろ乃とお兄さんが世界一注目のカップルなの。で？　お兄さんにはなんて答えたのよ」

桃菜は単純に面白がっているようだ。恋愛ネタとロリータファッションが好きな桃菜と、真面目でしっかり者のひろ乃。正反対の二人だが、不思議と中学の頃から気が合い、二十五歳になった今もよく会っている。

兄と両親を除けば、ひろ乃にとって桃菜は一番信頼できる相手だ。

「返事なんてしてないわよ」

肩を竦《すく》めてみせると、桃菜が訝《いぶか》った。

「なんで？」

「なんでって、昨日はあのあと会場中がパニックだったもの。家族から火星に向けてのメッセージを撮影する予定だったけど、色んな人から話しかけられて、もみくちゃよ。それどころじゃなかったの」

「じゃあ、お兄さんは待ちぼうけ？　しかもこっちからの映像が届くまでには結構な時間がかかるんでしょう」

「百十二時間」

そのことは少し悪いと思う。双方で時間の感覚が違うのは難しい。兄の声は三日後、こちらの声は五日後にしか届かないのだ。

「今すぐ送っても、五日か……。それってメールとかできないの？　動画くっつけて送れば、すぐに見られるんじゃないの」

桃菜の問いに、ひろ乃は首を振った。

「動画の送信が難しいのよ。私もよくわからないけど、いくつもの衛星を経由する間に磁気嵐みたいなのがデータを壊しちゃうんですって。それを修復しながら送るから、時間がかかるそうよ。画像もね。音声会話だけならアメリカの通信センターに行けばすぐらしいけど、ただの家族連絡にアメリカってのもね」

「うーん、じゃあメールは?」

「テキストだけなら、NASAの日本支部から送れる」

「じゃあメールにしなよ。メールで返事すればいいじゃん」

「今の私の心境で、テキストだと直球すぎるもの。火星にいる兄に向かって、絶交だ、二度と地球に帰ってくるなって送れる? しかもそのメールだって、NASAの通信網チェックが入るのよ。人類のために遥《はる》か彼方で頑張ってる人にそんなの送り付けたら、私、鬼みたいじゃない?」

「そっか。人に見られちゃうのか。それはちょっと嫌かも」

桃菜は腕を組んで唸《うな》っている。答えがちぐはぐでも、真剣に考えてくれるのが嬉しかった。

周囲の熱狂ぶりもわからなくはない。ひろ乃だって、他人のことなら超遠距離の恋バナは面白がれるだろう。だが、当事者だとそうはいかない。冷めてしまった紅茶をすすりながら、これぐらいの温度でいたほうが自分を保てると思った。

「……それにこっちが返さなくても、向こうから言ってくるかも」

「言うって何を？」

「今日は、火星でいう三日前の翌日。私たちからすればまだ過去なのよ。だからこっちの返答を聞く前に、あれはなかったことにしてくださいって夕方の放送で言うかもしれないでしょう。慌てずに、向こうの出方を待つのもありかな」

兄を相手に駆け引きの真似《まね》事。そう思うと、おかしくなる。桃菜はわけがわからないと首を捻《ひね》っていた。会場となる体育館へ向かう二人の周りに、マスコミもついてくる。

「でもさ、結婚って言い出すあたりが、お兄さんの愛を感じるよね」

桃菜が言った。ひろ乃は眉をひそめた。

「どこがよ？」

「だって兄妹で付き合ったりしたら、別れたあとが超気まずいじゃん。親も巻き込んじゃうし、軽い気持ちじゃ無理でしょう。だから最初から最後通告するあたりが、やっぱりひろ乃のお兄さんだなと思って。昔から、あんたにベタ甘だったもんね」

「……そうだっけ」

会場へ着くと、ひろ乃は注目の的だった。色んな人が声をかけてくる。「おめでとう」「お幸せにね」と、お祝いムードだ。

ひろ乃は無言の会釈で通した。だが、この騒ぎが収まるまで待っていたら、いつまで経ってもベーカリー・マーズは開けられない。昨日と同じ場所に座ると桃菜にだけこっそり言った。

「明日からマーズに出るわ」

「え、しばらく休むんじゃなかったの？」

「そのつもりだったけど、やっぱり開けるわ」

今のうちに業者に発注しておけば、材料は明日中には届く。この火星中継が終わってから店に行き、掃除と仕込みをすれば、あさってには開店できる。黙々とスマホで手配をするひろ乃に、桃菜は少し呆れているようだ。

「まったく。あんたのパン屋が人気なのは、美味《おい》しいからだけじゃないしね。お兄さんの名前と、火星のお陰よ」

「わかってる。だから当面は、火星パンは作らないわ。今さらだけど便乗だもの」

パン屋『ベーカリー・マーズ』は、自宅から五分の距離にある商店街の小さな店だ。製造はすべて経営者のひろ乃が行い、販売はパートのおばさんを一人雇っている。この一年は忙しいので時々母の美乃梨にも手伝ってもらっていた。

子供の頃からぼんやりと憧れていたのだが、高校に入るとパン職人になりたいと両親に告げた。卒業したら製パンの専門学校に行きたいと言うと、両親は快諾してくれたが、兄の響也は反対した。まずは大学へ進学して、将来の道を広げるべきだと強く言った。

まだ高校生だったひろ乃と、その頃にはもう国内トップのエンジンメーカーで開発にたずさわっていた響也は、随分とぶつかった。兄は確かにひろ乃を大事にしてくれたが、ベタ甘ではなかった。どちらかというと厳しかった。

それでも結局、兄の言う通りにしてよかった。認めるのは癪《しゃく》だが、今の自分があるのは響也のお陰だ。

ザザッと雑音がした。昨日と同じ時刻だ。昨日と同じくみんながバタバタと座ると、大型モニターが白くなり、そして響也が現れた。

『地球のみなさん、聞こえてますか。火星より、瀬川です。昨日は一方通行だけど地球のみなさんと話せて嬉しかった。今日もまだそちらからの通信は届きませんので、僕が一方的に喋らせてもらいます。西東京宇宙工学研究会のみんなは元気ですか？　出発前に僕が送った太陽系以外での小惑星探査の表面固定について、考えてくれたかな』

すると、西東京市の子供たちから大きな声が上がった。モニターの響也はしばらくの間、黙って微笑んでいた。

『昨日も言いましたが』

ドキリ、とひろ乃の心臓が高鳴った。

『僕たちはまだ、火星の地を踏んでいません。明日ようやく足を下ろし、装甲車で出発します。火星の地で何をするのかと言うと、みなさんもご存じのとおり、ここに超どでかいテントを張るのです』

響也が灰色のゴム手袋のようなものを見せた。

『これがコロニーの外壁です。こんな薄っぺらくて大丈夫かって？　大丈夫なんです。この素材にはミサイルを受けても破れない強度と、驚くほどの伸縮性があります。僕らはこれを持って、装甲車で五つの方向へ走るんです。どのくらい走るかって言うと、五日間ぶっ通しでです。燃費の悪い火星でも結構な距離を進めます。風呂敷を広げるみたいなイメージかな。火星まで行ける時代に原始的だと思うでしょうが、これが最も効率のいいやり方なんです。そして広げたあとはどうするのか、地球のみんなはわかるかな？』

すると子供も大人も、大きな声で言った。

「空気を入れる！」

『……うん、そう。空気を入れて、コロニーを膨らませるんだ。浮き輪と一緒だね。そうして火星に超巨大な浮き輪ができました。どれくらい大きいかというと、僕の地元の西東京市がいくつも入る大きさです。空から見下ろすと星形のコロニーで、いかにもＮＡＳＡって感じだね。あとは、その中で機械が勝手に建設を進めてくれます。僕らはこのどでかい星形を、火星のあちこちに作る予定です。コロニーの内部は用途によって違うけれど、まあ、大雑把《おおざっぱ》に言うとこんな感じかな』

響也がにっこりとすると、会場中がほうと息をついた。

人類の火星移住は、随分前に世界規模で打ち立てられた計画だ。いずれ、というのが近づいてきても、興味のあるなしで人々の反応は大きく分かれていた。富裕層が月へ旅行できる時代だが、ほとんどの人にとっては他人事《ひとごと》だ。

兄の火星行きが決まってからは、ひろ乃もひと通り勉強した。ミッションのひとつに星形コロニー建設があると知り、思い付いたのは星の形のフィナンシェだ。火星パンに続く人気商品になった。

ひろ乃にとって火星はその程度で、命を懸ける兄との差は大きい。

隣で桃菜が囁いた。

「星のパンは食べないんだね」

「今の話で充分アピールになってるからいいの」

三か月かけて火星に着いた響也は、そこで二年を過ごす。その間には様々なミッションがあって、まずは自分たちの居住棟諸々の設営。そして星形コロニーの建設。舗装路の整備。鉱石の採掘に未開地の探索。他にも山盛りだ。

そしてミッションが終わったあとは、また三か月かけて宇宙船で地球へ戻ってくる。往復を含めると、全部で二年半。それが宇宙規模的に長いかどうかはわからないが、何があっても地球へ戻れない二年半は、決して短くはない。

兄は火星へ着いたばかりだ。

まだまだ、帰ってこない。

急に腹が立ってきた。兄は遠方の大学へ行っても、半年に一度は必ず帰ってきた。留学先からも、仕事に就いてからも、宇宙飛行士としての訓練中でさえ、西東京市の実家に帰ってきた。それなのに、宇宙へ行ってしまったら急に家のことなんか忘れたみたいに帰ってこない。それが理不尽な怒りだとわかっていても、ムカムカとしてきた。

周囲がざわついた。顔を上げると、響也の後ろから別の男性が顔を覗《のぞ》かせている。

開拓員のキバユウキだ。笑顔で手を振っている。

『日本のみなさん、こんにちは。笑顔で手を振っている。キバです』

『なんだよ、邪魔すんなよ』

『いいじゃねえか。みなさん、たまたま俺がアメリカ国籍だから、こいつが日本人初の火星開拓員になったけど、俺だって日本育ちですからね』

会場がドッと沸いた。二人が小競り合いをする映像がしばらく続く。

「キバユウキじゃん。この人もカッコいいよね」

モニターを見ながら隣にいる桃菜が言った。目が惚《ほう》けている。

「でもすごいよね。お兄さんとキバユウキって、大学の同級生なんでしょう。同い歳《どし》の友達同士が二人とも火星に行けるなんて奇跡だよね。おまけに二人とも絵になるし。私、キバユウキの顔、好みだわ」

「キバさん、結婚してるわよ」

久しぶりに見たキバの姿に、ひろ乃は微笑んだ。キバとは何度も会ったことがある。気さくでとてもいい人だ。キバの結婚式にも呼んでもらった。奥さんの尚子《なおこ》も淑《しと》やかで感じのいい人だ。

キバはまだ画面に割り込んでいた。

『このあとは僕が、アメリカに向けて映像を配信します。世界中に見られてるからあまりふざけたことは言えないと思ってたんだけど、昨日のこいつのメッセージを見て、僕も奥さんに思いのたけをぶつけることにしました。尚子、アイラブユー、愛してるよ』

『馬鹿、自分の枠で喋れよ。あっち行ってろ』

二人のじゃれ合いにまた笑いが起こる。だがひろ乃は笑えなかった。キバが昨日の件を持ち出してきたせいで、冷や汗が滲《にじ》む。

キバは手を振ってモニターから消えた。響也はわざとらしく小さく咳《せき》をした。

『えーっと、タイミングよくキバが言ってくれたので、昨日の件にもちょっとだけ触れておこうかな』

会場からキャアと黄色い声が飛ぶ。

『地球からの返信は時間差があるのでわかりませんが、そこはまあいいです。おーい、ヒロ。地球の妹よ。ここを発つまでには、兄ちゃんは約束を守るからな。そうしたら、おまえはもう逃げられないぞ。日本人初の火星開拓員が、ここまでするんだ。俺を振ったらバチがあたるからな』

ひろ乃はモニターに釘《くぎ》付けになった。心臓がバクバクと鳴り響く。隣では「マジ、羨ましい」と桃菜が震えているが、こっちも震えそうだと、必死になって堪《こら》える。

響也は座り直してカメラから体を離した。もう余裕の表情だ。

『さっきも言いましたが、明日からは長時間移動になります。装甲車からも通信はできますが、移動期間中は地球に向けて個人的な通信はしません。ミッションに集中するためと燃料削減のためです。でも昨日今日と、クルー宛てに送られてくる地球からのメッセージは、特別に装甲車に転送されてきます。モヤモヤしてるのは精神衛生上よくないからね。というわけで、昨日の家族からのメッセージと、今日これから僕を慰労してくれるだろうメッセージの中に、妹の分が含まれてなくても驚きません。妹の性格はよく知っています。無理強いして絶交されたら困る。彼女を失うわけにはいかないんで』

会場がざわつく。方々から、「返事してないのかな?」「可哀そう」と、響也に対する同情の声が聞こえてくる。

ひろ乃は周りを見ないようにした。声も聞かないようにする。

『僕の映像が全国に向けて放送されるのは、これが最後です。もしかしたらNASAの気まぐれで、みなさんへのメッセージを発信できる機会をもらえるかもしれません。その時まで、お元気で』

画面が放送局のスタジオに切り替わる。科学番組の特番と同時進行なのだ。だが昨日と同じく司会者もコメンテーターも困っている。それはそうだろう。宇宙飛行士が惑星間通信を使って好き勝手に喋っている。放送事故とまではいわないが、予想不可だろう。

「どうすんのよ、ひろ乃。今日もお兄さんに何も言わないつもり?」

桃菜が心配そうに言った。ひろ乃は諦めのため息をついた。

「このまま無視したら、それこそ鬼みたいな妹だって炎上するでしょう。お父さんとお母さんのあとに、ちょっとだけ話してみるわ」

「なんて言うの？　あ、待って。ドキドキしてきた」桃菜は深呼吸した。「よし、どうぞ。イエス、オア、ノー？」

「どっちでもない。任務に集中してくださいって注意しておくわ。もし何かミスがあれば国際問題よ。うちのパン屋が潰れるだけじゃ済まないもの」

「なんだ」と、桃菜はつまらなそうだった。ざわつく周囲を見る。「あんたってすごいわね。まるで平気なんだから」

「平気じゃないわよ。顔に出ないだけ。ほんとはドキドキしてるんだから」

感情が表に出ないのは、わざとそうしているわけではなく、表情がついていかないだけだ。今でもまだ胸は高鳴っている。兄の告白はホームシックや時差ボケのせいではなかった。地球から旅立つ前に言われたことは、冗談じゃなかったのだ。

気付くと桃菜がおでこに皺を寄せてじっと見つめている。

「え……、何？」

「あのさ、私も弟いるし、そりゃ、あんたとこのお兄さんみたいにイケメンじゃないし、何より義理じゃなくてほんとの姉弟だけどさ」

「うん。知ってる」

「やっぱりさ、違うと思うよ。あんたとお兄さんって」

「何が？」

「普通、兄貴の言うことにドキドキしたりしないよ」

ひろ乃は目を瞬《しばた》いた。会場にいるＮＡＳＡの日本支部局員が呼びに来た。火星にメッセージを送るために特設されたブースには、小さなモバイルパソコンと別付のマイクが置いてある。局員の若い男性が笑顔で言う。

「どうぞこちらでお話しください。直接、お兄さんに映像が届きます。向こうで見られるのは五日後になりますが」

「ありがとうございます」

ひろ乃は用意されている椅子に座った。だが局員の男性はブースから出ようとせず、ニコニコしながらこっちを見ている。

「あの……、まだ何か？」

「どうぞ遠慮なさらず、好きなようにお喋りください。もし放送コードにひっかかるようでしたら、自動的にピー音が入りますから」

「はあ」

ピーが鳴ることなど言う気はない。だが、ひとつだけ気になった。

「あの、馬鹿とかそういうのもピーですか？」

「そういうのは大丈夫です。でも大勢の局員が見ますよ。通信センターを経由するので、業務上、どうしても関係者が目にします」

「構いません」

ひろ乃はそう言うと、局員の男性にわかるように黙り込んだ。男性は渋々といったふうにブースを出て行った。

外では様々な憶測が飛んでいるだろうが、伝えたいことは多くない。というか、ないのだ。モバイルパソコンのカメラを起動すると、自分が映る。マイクに口を近づけた。

「ひろ乃です。久しぶり。映像届いたよ。元気そうでよかった」

口を開いて初めて緊張していると気付く。他人のようにうまい切り口を探している自分が、なんだか情けない。

昔はなんでも言えた。兄が何を考えているかなど気にもせずに、随分と我儘《わがまま》を押し通したものだ。

だが大人になった今はわかる。親同士の再婚で、兄はたくさん我慢をしてきてくれた。

本当ならもう少し子供でいられたはずなのに、小さな妹ができたせいで選択の余地なく保護する立場になったのだ。

不意に色んな思い出が降ってくる。子犬が見たいひろ乃を何度もペットショップまで連れて行ってくれた。つまずくと後で苦労するからと、小学生の頃から算数を教えてくれた。兄はよく面倒を見てくれた。甘やかされはしなかったが、過保護だった。義理や義務ではない。彼の優しさは本心からくるものだった。

「……三か月かけてゆっくり考えろって言われたけど、本気にしてなかったから考えてなかった。今から真剣に考えて、お兄ちゃんが地球に戻ってきたら返事するわ。だからそれまでは仕事に集中して。もし失敗しても、それはお兄ちゃんのせいじゃない。いつも全力だって私は知ってるもの。でも周りからは浮かれてるせいだって言われちゃうわよ」

そこでふと、とどまった。

早く帰ってきて。そう言ったところで響也にはどうしようもないのだから、我儘になるだろう。

もう子供じゃない。我儘は言わない。義理の妹を慈しんでくれた兄を、遠い宇宙で悩ませてはいけない。

わかっていても、ホロリと零れる。

「……早く帰ってきてよ」

これを見るのは五日後。装甲車で基地に戻る最中だ。きっと疲れているし、こんな小さな声は聞き取れない。火星の地面がどんなだか知らないけど、ボコボコで、エンジンの音に掻《か》き消されるはずだ。

「会いたい。早く帰ってきてよ。馬鹿」

自分が思っている以上に自分は甘ったれだ。随分と甘やかされてきたのだと、今になって気が付く。

火星はあまりに遠すぎる。唐突に、兄が同じ星を踏んでいないことがどういうことか理解した。

地球上なら、我儘を言えば会いに来てくれた。アメリカだろうと、なんなら月だろうと。でも無理だ。火星はあまりに遠すぎて、寂しいと言っても届かない。ようやく兄との距離を実感する。自分は寂しかったのだと気が付く。

止まっていた時間が流れ出し、それはあっという間に溢《あふ》れてしまった。

◆十五年前

「質問がある人は手を挙げて」

老齢の元宇宙飛行士がそう言うと、真っ先に響也は手を挙げた。すると、元宇宙飛行士は壇上で笑った。

「付き添いの人じゃなく、子供からの質問でお願いするよ」

「あ、はい」

周りからクスクスと笑い声がする。だが響也は諦めずに、隣にいるひろ乃の手を掴《つか》んだ。

「ヒロ、質問しろ」

「やだよ。何も聞くことないもん」

「そんなはずないだろ。聞きたいこと、山盛りじゃないか」

響也は無理やり手を挙げさせようとしたが、ひろ乃も必死で抵抗する。結局、質問時間は終わってしまい、講習会は終了した。会場からバラバラと人が退出していくなか、響也はまだ感慨にふけっていた。

「さすが、月コロニーで何年も暮らした初めての宇宙飛行士だけあって、面白い話がいっぱい聞けたな。よかったな、ヒロ」

「何言ってんの。お兄ちゃんが聞きたかったくせに」

ひろ乃は淡々と帰り支度をしている。響也はまだ講習生用に配布された資料を読んでいた。

市が開催する小学生限定の特別講習に一人までなら付き添いできると聞いた響也は、すぐに妹の名前で応募をした。有名な宇宙飛行士に直で会える貴重な機会だ。参加当選した時は、大喜びした。

講習は予想以上に面白かった。元宇宙飛行士は十年、妻子を伴って月で暮らした。完璧な重力設備のお陰で筋肉や内臓の衰えはなく、地球にいる時と大差なく過ごせたという。

「もうすぐ火星への有人探査が始まる。そうしたら月のコロニーみたいに、火星にもコロニーを建設して、いずれ人類はそこで暮らすようになるんだ。ヒロは火星に行ってみたいか？」

「行きたくないよ。火星なんて、まだ何もないんでしょう」

「今はそうでも、これからいっぱい建てるんだよ。人が暮らす場所だけじゃなくて、作物を育てられる施設や、畜産や水産が可能な施設も作って、火星は第二の地球になるんだぞ。ほら、行きたくなってきただろ」

「別に」と、小学四年生の妹は大人びた仕草で肩を竦めた。「だってそれって、まだまだ先の話なんでしょう。さっきの宇宙の先生が、火星で暮らせるようになるのは五十年後だって言ってたじゃないの。その頃にはもう、ひろ乃はおばあさんじゃん」

「夢がないなあ」

周りを見ると、残っているのは自分たちだけだ。響也はひろ乃を連れ、講習室から出た。廊下にはまだ人がいる。科学好きの少年少女たちとその親だ。講習中もみな、熱心に話を聞いていた。ほとんどが無理やり親を引っ張ってきたようだ。

響也が宇宙に興味を持ったのは、中学生になってからだ。当時の自分よりも幼い彼らが全員本気で宇宙工学を学べば、火星への移住はもっと早まる気がした。

「火星開拓は、俺たちのためじゃないんだ。人間が今のペースで資源を消費するなら、地球は、ヒロの孫の代までもたないんだよ。だから早いうちから次の星を開拓しておくんだ。宇宙開発はすごいスピードで進んでいるから、もしかしたらヒロの子供は火星で暮らせるかもしれないぞ。どうだ、行きたくなってきただろう」

「私、トイレ行きたい」

「おっと。我慢できるか？」

「うん。平気」

二人は会場のトイレの前で別れた。女性用には入り口の外まで列ができていて、響也は壁を背もたれにしてひろ乃を待った。そういえば妹がまだ小さかった頃、一度だけ義理の母の美乃梨が近くにいない時にトイレへ行きたいと言い出し、ショッピングモールで慌てたことがあった。男子トイレの個室で事は済んだが、女児の面倒を見るということについて真剣に悩んだ。

だがそれも束《つか》の間だった。着替えを手伝ったのは最初の二、三年だ。靴紐《くつひも》も一人で結べるようになり、トイレにも一人で行けるようになった。

会場を出ると近くのファミレスに入った。響也はまだ興奮から醒《さ》めなかった。来年はアメリカにある大学の航空宇宙科学科へ留学する予定だ。元々そのつもりだったので、専門的な会話ができる英語力を身に付けた。すべては火星開拓に加わるための前段階だ。計画通りに進んでいる。

ただひとつ、気がかりは妹だけだ。ひろ乃はさっきからずっとスマホで動画を見ている。料理を食べながら、響也は頃合いをみて言った。

「ヒロ、実はお兄ちゃん、来年遠くの大学へ行くんだ」

するとひろ乃は少し上目遣いをして、すぐにまたピザを食べだした。

「遠くって？」

「アメリカだ。宇宙推進学をもっと勉強したいんだ」

「ふうん。変わってるね。お兄ちゃんって変わってる」

そう言うといつもの無表情で、ピザにかぶりつく。あれ、と響也は肩透かしを食らった。きっとショックを受けると思って、言い出せなかったのだ。ひろ乃は泣かない子だが、もしかしたら泣くかもしれない。我儘も言わない子だが、引き留めるかもしれない。

「アメリカは、遠いんだぞ」

「知ってるよ。学校で習ったもん」

「行ったら、なかなか帰ってこられない。こっちの大学はとりあえず休学するけど、多分退学して、向こうの大学院に進むつもりだから」

「ふうん。すごいんだね。いつものことだけど」

「何年も離れて暮らすんだぞ。もしかしたら向こうで就職するかもしれない。そしたらどうする？」

「どうするって、どうもしないよ。私はこっちでママとお父さんと暮らすから心配しないで」

「いや、そうじゃなくて」響也は困った。妹の反応が予想と違う。「さ、寂しがれよ」

ようやくひろ乃は顔を曇らせた。

「そんなこと言われたって、まだここにいるし」

「でも、普通は寂しいだろう。行ってほしくないだろう。お兄ちゃんだぞ。こんなふうに一緒に出かけられなくなったら嫌だろう。勉強だってみてもらえなくなるんだぞ。算数苦手だろう。お兄ちゃんがいなくなったら、どうするんだよ」

「どうするって言われても」ひろ乃は面倒くさそうだ。「そしたら近くの塾に行こうかな。友達も行ってるよ。先生が若くてカッコいいんだって」

「そんなとこには行かなくていい」

つい大きな声を出すと、周りから妙な視線が飛んできた。響也はコソコソと身を屈めた。

「そんな、講師で釣るような塾は行かなくてよろしい。勉強はオンラインでお兄ちゃんが見てやる。別に月に行くわけじゃないんだから、何かあったらすぐに帰れる。アメリカなんてすぐ近くだ。心配すんな」

「だから心配してないって。パフェ食べたい」

「小さいやつにしろ」

「やだ。大きいのがいい。全部食べられるもん」

「じゃあお兄ちゃんと半分こだ」

響也はフンと鼻息をついた。なんとなく釈然としないが、怪し気な塾講師をひろ乃から遠ざけることができてよかった。

スマホが鳴った。キバからだ。

「よう、どうした。今？　ファミレスで妹とメシ食ってる」

場所を言うと、キバは偶然近くにいた。電話を切ってしばらくするとファミレスにやってきた。

「おー、これがおまえの妹ちゃんか」

キバユウキは大学の同級生だ。学科は違うが、一回生の時に向こうから接触してきた。とんでもない秀才がいると聞いて興味を持ったからだと言っていたが、キバと話してみて、響也は彼を本物の天才だと思った。そう思える数少ない男だ。明るく、ノリがよく、一緒にいると刺激になる。二人はしょっちゅうつるんでいた。

キバはひろ乃の前に座った。

「ヒロちゃん。こんちは」

「こんにちは」と、ひろ乃はニコリともせずに頭を下げた。キバのほうはニコニコとしている。

「お兄さんが君のことめちゃくちゃ可愛がってるからさ、一度会ってみたかったんだ。自慢するだけのことはあるな。こりゃ、可愛い。何歳？」

「十歳です」

「おお、目が澄んでるな。なんか俺までキュンときたわ」

キバがわざと大げさに言っているのはわかった。ひろ乃は無表情だが、わずかに目を泳がせている。照れているのだ。

妹をチヤホヤされて、響也は嬉しかった。ひろ乃は物静かで感情を表に出さない。見た目にわかりやすい子供らしさがないせいで、ぞんざいな扱いをされることもある。

だが普通の女の子だ。照れもするし、はしゃぎもする。

キバが手を伸ばして握手しようとしたので、響也はその手をはたいた。

「さわんな。調子に乗んな」

「ケチめ。わざわざ観望会の日が変わったって教えに来てやったのにさ」

「合宿が？　いつ」

「一週間前倒しだってさ。もう決定だ。准教授のスケジュールが変更になって、その日しか空いてないんだと。急でむかつくけど、あの国立天文台は学生だけじゃ入れてくれないからな。宿のほうも、もう調整済みだ。おまえも空けとけよ」

夏の特別ゼミだ。担当教員と十名ほどの学生で山間《やまあい》にある国立天文台の望遠鏡で天体観測をする。

「そうか。今まで予定が合わなくて行けなかったけど、今年は絶対に参加するよ」

「おう。すげえいいぞ。近くのバンガローから見える星空もめちゃくちゃ綺麗《きれい》だしな。俺はレイカちゃんを連れていくから、おまえも今から誰か誘えよ。おまえなら、ザコ寝でも構わないって女子がいるだろ」

「バカ野郎、妙なことを」

妹の前で言うなと睨《にら》んで、響也は気が付いた。

「あ、いかん。その週は駄目だ。ひろ乃の誕生日なんだ」

「え」と、キバは目を丸くしている。「そ、そうなのか。でもおまえ、来年は日本にいないだろう。この時期の最後の観測になるかもしれないんだぞ」

「うーん」

腕組みをして唸る。確かに逃したくない経験のひとつではある。チラと目を向けると、妹は無表情だ。

「いいよ。行けば」

「でも、誕生日に兄ちゃんがいないと寂しいだろう」

「ママもお父さんもいるから平気。それに来年の誕生日は、アメリカから帰ってくるでしょう。すぐ近くなんだから」

「そうだけど」

聞き分けのいいひろ乃と違い、響也は複雑だ。キバは苦笑いをしている。

「おい、妹ちゃんのほうが大人じゃねえかよ」

「うるさい。ヒロ、いいのか？　もしかしたら来年も帰れないかもしれないんだぞ」

「いいよ。そしたら誕生日プレゼントだけ送ってね」

ひろ乃はお菓子作りに凝っていて、去年のクリスマスはキッチンスケール、今年の誕生日はシフォンケーキの型。来年は何をほしがるだろう。

「そっか」と笑ったが、本当は寂しかった。妹のほうは、もう寂しがる歳ではないのだ。

数週間後、響也は前倒しされた観測会に参加した。国立天文台で最新分光器を見せてもらったあと、太陽系外惑星の大気調査について研究員を質問攻めにした。天文台を出ると、人里離れたバンガローで川遊びや釣りを楽しんだ。普段は勉強熱心な理系の学生たちも、みんなはしゃいでいた。

夜になると、バンガローから少し歩いて、完全な暗闇の中で空を見た。大地と星の境目がはっきりとわかるくらい夜空は明るかった。

「なんて綺麗なんだろう」

自然と声に出てしまう。響也には夜空が大きな地図に見えた。隣にはキバとキバの彼女のレイカがいる。

「すげえよな。地球は宇宙で孤独な存在じゃないって、そう実証される日も遠くないな。この星空のもっと先には、俺たちみたいにサルから進化したような原始的な生きモンが必ずいるんだぜ」

「だとしても、俺は会いたくない。地球外生物に興味はないよ」

「だったら何に興味があるんだよ」

「今、大事なのは宇宙船のエンジンの開発だよ。本気で移住を目指すなら、火星までもっと高速で行けるようにならないと。往復に二年もかけてちゃ駄目だ」

「確かに二年は長いよな。火星からピザ頼んだら、届くまでに冷めちまうもんな。もういらねえわ」

「そういうこと」

夜というには奥が深すぎて、なんだか宙に浮いているような気分になる。周りに人工の光がないので、肉眼で捉えられる星のすべてが見えた。

「ヒロに見せてやりたいな。今日、あいつの誕生日なんだ。一緒に連れて来ればよかった」

「えー、瀬川君って彼女いるんだ。えー、なんかショックなんだけど」

キバの隣にいるレイカが言った。するとキバは笑ってレイカを追い立てた。

「ほらほら、レイカちゃん。向こう行ってきな。みんなで花火するって言ってたよ」

「えー、マジで。行ってくるー」

レイカはちょうど始まった花火の明かりに向かって走っていった。完全なる闇も、すぐに人は照らしたがる。キバも同じことを思っているのか、笑っていた。

「女子ってのは、なんでこんなに綺麗なもんがあるのにわざわざ足元で火遊びすんのかね」

「あれはあれで楽しいんだぜ。ヒロがちっさい時、毎日家の前で花火したよ。夏休み中、毎日だ」

手持ち花火の発火音が懐かしく、響也は笑った。キバは呆れている。

「おまえって、ほんまもんのシスコンなんだな。妹ってのはそんなに可愛いもんかね」

「昔はもっと可愛かったんだぜ。初めて会った時はまだ背もこのくらいでさ」

響也は手のひらを自分の腰の線に添わせた。

あの頃は自分ももっと背が低かった。保育園児のひろ乃は、動力が違うのではないかと思うほどちょこまかと走った。なぜ子供が走るのか理解できなかったが、とにかく走るのだ。だからいつも手を繋いでいた。

今はもう、手が空いている。

キバが戸惑った顔をしているのを見て、響也は笑った。

「ああ、うちの親、再婚同士なんだわ。俺が中学で、ヒロが保育園の時に再婚したんだ」

「そういうことか。どおりで似てないと思った。おまえの妹にしちゃ可愛すぎる」

キバは当たり前のように笑った。いい奴だと、響也は思った。そのあと花火に加わり、それが終わるとまた真っ暗になり、いくつも流れ星を見た。

次の日の朝、響也はバンガローの受付で空き室の状況を尋ねた。

「お二人ですか？　夏休みの間はほとんど埋まっていて……、四人部屋なら空いてる日がありますけど、料金が四名分になります。どうされます？」

「倍か」

頭の中で計算機を叩く。休日ではないので両親は来られない。四人部屋の料金すべて一人持ちはなかなかにきついが、家庭教師のバイト代でなんとかなる。

「それ、俺とマリアちゃんも乗っかっていいか」

いつの間にか後ろにキバがいた。ニヤニヤと笑っている。

響也は恥ずかしくなって、キバを睨みつけた。

「誰だよ、マリアちゃんって」

「経済学部のマドンナだ。深く聞くな。あの満天の星を見せれば、どんなに高嶺《たかね》の花でもイチコロだ。おまえは妹ちゃんと仲良くしてればいい。心配すんな。子供のいる部屋でやましいことはしないから」

「当たり前だ。教育に悪いから、妹の前では不純異性交遊は禁止だぞ」

もう一度睨んでみせるが、その口元は笑っていた。

キバは物理学部で遺伝子研究に取り組んでいる。いずれアメリカの宇宙生物学分野へ進む予定だ。恐らく、彼も将来は宇宙開発に携わる。見ている先が同じなのだ。卒業しても、どこかの段階でまた会えるはずだと確信していた。


夏の終わり頃、響也とひろ乃、キバとキバの彼女の四人はバンガローへやってきた。

キバはノリの軽い女子が好きだ。連れてきたマリアも明るくて華やかだ。マリアを紹介されたあと、ひろ乃はこっそり響也に耳打ちをしてきた。

「こないだのファミレスで聞いた名前とは、違う人だね」

「大人の事情ってやつだ。内緒にしておこう」

響也も耳打ちを返す。ひろ乃は頷いた。そしてじっと見つめてきた。

「お兄ちゃんはなんで彼女と来ないの？」

「いないからだよ。勉強が忙しくて、そんな暇がないの」

「ふうん」ひろ乃はどうでもよさげだ。

本当は、中学、高校とそれぞれで付き合っていた女の子がいた。大学でも何もないというわけではない。だがいずれも家族には紹介していない。

「瀬川君って妹想いなのね。私にも兄がいるけど、二人で出かけたことなんかないわ。子供が好きなのね」

マリアが言った。するとキバが笑う。

「マリアちゃん。こいつのはね、妹限定。この男は優しそうに見えるけど、実は人にまったく興味がないの」

「何言ってんだ。俺は全人類のことを考えてるっての。いつか火星に行きたいのも、宇宙に憧れてるとかじゃなくて、俺たちの子供の未来のためなんだからな」

宇宙飛行士の資質には、様々なものが求められる。知識や技術はあって当然。専門分野以外の適応力、人間性、カリスマ性も重視される。響也は宇宙飛行士として必要なことはもちろん、火星で役立つことを学んできた。あそこを人が住める星にするのは、自分に与えられた任務のような気がする。

「へえ、おまえに結婚願望があったとは驚きだな」

キバが面白そうに言ったので、響也は首を傾げた。

「はあ？　なんの話だ」

「俺たちの子供なんて言うからさ。案外、まともだったか」

「はは。違うよ。俺たちより先の人間のたとえさ。俺は結婚も子供もパスだ。そういうのに費やす時間があったら論文のひとつでも読みたいし、いずれは地球から離れる……」

「そんなのやだ」

それまで黙っていたひろ乃が、急に口を開いた。

「お兄ちゃんがずっと独身なんて、やだ。宇宙オタクで勉強ばっかりしてるから結婚できないんだって言われるよ。そんなのカッコ悪いよ。結婚したほうがいいよ」

三人はぽかんとした。やがてキバとマリアは大きな声で笑い出した。

響也は恥ずかしくてムッとした。

「……ヒロ、星を見に行くから準備しろ。懐中電灯を持ちなさい」

「はい」と、ひろ乃は素直に従った。高地なので夜は冷える。上着を着せ、丹念に虫除《よ》けスプレーを手足に吹きかけてやる。ランタンは響也が持ち、バンガローから出た。もう真っ暗だ。

宿の灯《あか》りが届かない場所まで歩くと、ランタンを消す。足元ばかりに集中していたせいか、ひろ乃が少し身を固くしたのがわかった。

「大丈夫だ。上を見てみろ」

響也がそう言うと、ひろ乃は息を飲んだ。

「お兄ちゃん」

「うん、すごいだろ。びっくりするくらいの星だ」

街中では見ることのできない光景だ。宇宙が目に見えた。

ひろ乃は空を見上げ、茫然《ぼうぜん》としている。まき散らしたような星に圧倒されていた。

どのくらいそうしていただろうか。しばらくしてひろ乃がポツリと言った。

「お兄ちゃん、アメリカからも同じ空が見えるの？」

「アメリカ？　そうだな、アメリカの空は」

同じだよと言ってやれば、安心するかもしれない。だが、地球で場所が変われば、見える宇宙空間は別だ。妹が届かない星に願い事をするのは嫌だ。手を振るなら、響也が行ける星に振ってほしい。

「見てる空は違うけど、踏んでいる大地は一緒だよ。同じ星にいるんだ。こうして地球に立ってるんだから」

「日本とアメリカなのに？」

「人が決めた仕切り線に意味なんかないさ」

笑うと、暗がりのなかでもひろ乃が顔をしかめたのがわかった。

「お兄ちゃんって、変わってる。ほんと、変わってるよね」

冷たい言い回しに子供のあどけない声が不似合いで、響也は少し切なくなった。あと二、三年もすれば、違和感もなくなるのだろう。小さかった妹は、あっという間に大きくなった。ずっと子供のままでいてほしいなんて言えば、叱られるだろう。

虫除けスプレーを吹きかけてやるのも、パフェを半分食べてやるのも、あと少しでできなくなる。繋がなくなった手には慣れた。生意気なことを言うのも成長の証だ。だがアメリカは近くて遠い国だ。寂しいと泣かれても、行かない選択肢はない。もし寂しいと泣かれたら、どうするだろう？　胸のあたりを、グッと押されるようだ。

言われない我儘に胸を焦がすなんて、馬鹿げている。もう少し寂しがれよと言えば妹に叱られるので、言わない。

「おーい、ヒロちゃん」遠くからキバが呼んだ。「花火やろうぜ」

キバは子供用の手持ち花火を用意していた。四人で花火をする。ひろ乃の目が子供らしく輝く。

小憎らしいことをするなと、響也はキバに感謝をした。

◆西東京市より　20×1年

ベーカリー・マーズは周りの店に合わせて十九時に閉める。直前には売れ残ったパンをおつとめ品として割引するのだが、兄が火星開拓員に選ばれてからは、ほとんどその必要がない。

十九時を過ぎ、最後のお客と入れ替わりに桃菜が店に入ってきた。カウンターから厨《ちゅう》房《ぼう》を覗く。

「ひろ乃、まだなんか残ってる？」

「お陰様で完売よ。今日は焼き菓子も全部売れたわ」

「えー、また？　小腹が空《す》いてるのに」

桃菜は商店街の近くのアパートで一人暮らしをしていて、たまにこうして店を覗きに来る。

「最近、私にまで回ってこないなあ。取り置きしといてくれたら嬉しいんだけど」

「駄目よ。来てくれるお客様に悪いでしょう」

ひろ乃がそう言うと、桃菜は拗《す》ねたように口を尖《とが》らせた。パートのおばさんと二人で店の後片付けをしている間、店の隅でスマホをいじっている。掃除が終わり、おばさんが帰ると、ひろ乃はまたキッチンに立った。店には桃菜と二人だけだ。

「パンの耳でよければ賄《まかな》いで出すわよ」

「待っていました！　耳でも鼻でもなんでもいい」

即席でフレンチトーストを作り、ハムの切れ端と変色して見た目の悪いレタスでサラダも作る。コーヒーを淹《い》れ、二人は作業台で賄いを食べながらお喋りをした。

「お兄さんが装甲車で移動するのが、往復で十日間でしょう。ええと、あれから八日経ってるわけだから、今もまだ火星を移動中？」

「実際にはもうキャンプに戻ってるはずよ」

ひろ乃はコーヒーをつぎ足しながら、穏やかに答えた。

桃菜は指を折って数えている。

「そっか。向こうから映像が届くまでには三日かかるわけで、それに対してこっちの返信が五日後になって、お兄さんからの返事はまた三日かかって……。なんかもう、わけわかんないんだけど」

「深く考えなくていいのよ。別に時間の流れが違うわけじゃないんだから」

「でも、もどかしいよね。普通に会話するのだって、テンポが違うとイラッとしちゃうもの」

ひろ乃は軽く笑ったが、たいして不自由とは思わなかった。返事が届く前にお互い手紙を出し合ってるようなものだ。中身がどうとか、忖度《そんたく》する相手ではない。

桃菜は頬杖をつき、何かに憂いている。

「だけど、そういうもどかしさが萌えるんだよね。二人のこと、毎日どこかで話題にされてるもん。やっぱ、兄妹っていうのが読者受けするのかな」

「読者？」

ひろ乃が尋ねると、桃菜はバツが悪そうに目を泳がせた。そして、手を合わせてきた。

「お願い！　あんたとお兄さんのこと、漫画に描かせてちょうだい！」

「え……」

驚いた。桃菜はセミプロの漫画家だ。大手出版社主催の漫画賞で佳作を取ったことがある。まだ商業デビューはしていないが、ネット掲載している漫画やイラストは時々収入になり、出版社の担当も付いている。少女向けのファンタジーや恋愛ものが主だ。

「担当さんにひろ乃と友達だって話したら、これはもう、描くしかないだろうって発破《はっぱ》かけられちゃってさ。でも担当さんに言われる前から、ひろ乃とお兄さんのこと、漫画にしたいなって思ってたの。だって絶対面白いし、夢があるもの。女の子だったら胸キュンだよ」

「胸キュン?」

ひろ乃は訝った。

兄と自分が胸キュン? どこにその要素があるのだろうか。

「ねえ、お願い。変なふうにはしないって約束する。悪いことは描かないし、キャラも忠実にするよ。いやらしい場面も控える」

「いやらしい場面?」

「訂正。やらしいシーンは描かない。プロットができたらあんたにチェックしてもらうし、火星に送って、お兄さんに見てもらってもいい。お願い。漫画も小説も、それっぽい話は色んな人が描いてるけどさ、本人が了承してるなら特別だよ。私のラストチャンスだと思って」

「いいよ」

「担当もめちゃ乗り気で……。え、いいの?」

桃菜はきょとんとしている。ひろ乃は頷いた。

「もちろん。でも遠慮して中途半端なものになるよりも、桃菜の思う通りに描いてくれていい。キャラクターが違ってもいいし、悪いふうに描いてもいい。ハッピーエンドじゃなくても構わないわ」

「ほ、ほんとに？」

「うん。全部任せる。私のこと嫌なふうに描いたとしても、怒らないから」

「描かないよ！　絶対に面白くする！　マジで全力投球して、連載させてもらうから！」

桃菜は興奮して、鞄の中から電子パッドを取り出した。

「実はもうキャラは考えてあるんだ。主人公はね、ひろ乃みたいにしっかり者なんだけど、もっと堅物で天然な高校生って設定。モテるんだけど恋愛経験ゼロなのは、義理のお兄さんのことが好きだからなんだ」

ペンタブレットで描かれた女子高生は自分よりもずっと可愛くて、女の子らしい。思う通りに描いていいと言ったが、いいように描かれると気恥ずかしかった。

「なんだか可愛すぎない？」

「何言ってんの！　主人公は可愛いって決まってんの。ブサイク設定でも絵的に可愛くなきゃ人気がでないでしょ。で、こっちがお兄さん」

兄の響也のほうが、更に脚色がひどかった。スラリと足が長く、目がキラキラしている。

おまけに長髪だ。

「お兄ちゃんの面影がゼロだわ」

「そんなことないって！　あんたが気付かないだけで、お兄さんってカッコいいのよ。条件も最高だし、完璧キャラよ。でも漫画のほうじゃ、妹に対して素直になれないツンデレキャラにしようと思ってる。世界中の人の前で告白しちゃう実物とは違ってね」

桃菜は興奮しながら、漫画のあらすじや世界観を説明した。絶対にいいものにするからと息巻いている。ひとしきり話し終わると満足げに大きく息を吐いた。

「楽しいなあ。リアリティがあると妄想が止まらないわ。そういえばさ、お兄さんの過去の彼女ってどんな人？　参考に教えてよ」

「紹介されたことないから知らないの。全然女っけがなかったわけじゃないとは思うけど。それなりにモテてはいたみたいだし」

「だよね。いくらなんでも昔から妹一筋じゃ、ただのロリコンだもの。あんたのほうも、実際にはお兄さんが理想のタイプじゃないもんね。それとも他に彼氏がいた？　私が知ってる限りでは、水口《みずぐち》君が唯一の彼氏だけど」

「唯一だよ」

懐かしい名前を聞いて、ひろ乃は微笑んだ。水口涼真《りようま》とは大学の時に付き合っていた。

桃菜も何度か一緒に遊んだことがある。

桃菜が少し探るように、上目遣いをした。

「そういえば知ってる？　水口君、結婚するんだって」

「へえ、そうなんだ。知らなかった」

「私も直接聞いたんじゃないけど、付き合ったばっかりの彼女が妊娠しちゃって、授かり婚するんだって。やっちまったね、あいつ」

桃菜はわざと意地悪く笑っている。ひろ乃を慰めてくれているのだ。だが水口の顔を思い出しても、心は苦くなかった。

「でもきっと水口君のことだから、その子のこと好きなのよ。いい人だったもの、彼」

「そっか。あんたがそう言うのなら、そうなんだろうね。でも今だから言うけど、ひろ乃が水口君みたいなタイプと付き合うとは意外だったわ。いい人だったけど、ちょっと軽かったじゃない？　どっちかっていうと苦手なタイプに思えたのに」

付き合う前も、付き合っている最中も、よく言われたことだ。水口とは飲み会で近くの席になったのがきっかけだ。声が大きくて元気な男子だった。

「苦手じゃないわ。でも苦手だろうってよく言われた。私ってノリがよくないし、あんまり笑わないから。でも最初の飲み会で、何かの話題で水口君が言ったの。強くてしっかりしていても、中身がそうとは限らないし、ほんとに強かったとしても、嫌なことや、つらいことが平気なわけじゃないって。彼が笑いながらそう言ってたのが印象的で、話してみたいって思ったの。それで二人で出かけませんかって誘った」

「びっくりしてたでしょう」

「うん。すごく動揺してて、おかしかった」

声をかけられた水口はとても驚いていた。ひろ乃のように真面目で堅そうなタイプには敬遠されると思っていたらしい。あたふたする姿が好印象で、ひろ乃は彼を好きになった。

いつも笑顔で明るい人だった。彼とは二年付き合って、卒業後、しばらくして別れた。

「別れた理由はすれ違いだっけ？」

「向こうは就職して、私は専門学校に行ったからね。大学の時は自然と時間が共有できていたけど、それがなくなったら、なんとなく二人とも別れ時かなって感じになって」

嫌な雰囲気が長く続く前に、水口は別れを切り出してくれた。言いにくいことを先に言ってくれる、勇気のある人だった。

「なるほどね」と、桃菜が思案するように天井を仰いだ。「お兄さん一筋ってわけにはいかないか」

「設定と違って、申し訳ありません」

「まあ仕方ないわ。でもお兄さんのほうは？　ひろ乃に彼氏ができたって聞いた時、どんな反応した？　怒った？　泣いた？」

「まさか。結構、冷静だったわよ。少し不機嫌になったくらいかしら」

「えー、つまんない。その頃はまだひろ乃のこと好きじゃなかったのかな」

桃菜は不服そうだ。

言われてみれば、あの時の兄の反応は予想外だった。もっと根掘り葉掘り聞かれると思っていたので、拍子抜けしたのを覚えている。響也はムスッとしながら、何か言った。なんだっただろうか。

「あの時……、そうだわ。どっちが好きになったんだって聞かれた。どっちから好きになったんだって」

「それって重要？」

「さあ。私のほうだって答えたら、そうかって言っただけ。反対もされなかったし、干渉もされなかった。私ももう大学生だったし、お兄ちゃんはエンジニアとしてバリバリ働いていたから、きっとお互いに兄妹離れするいい機会だったのね」

「でも、そこから愛の告白までの間に、何かあったんだよね？」

桃菜は期待している。ひろ乃が苦笑いして首を横に振ると、すぐにがっかりとため息をついた。

「現実はそんなにロマンチックじゃないか。まあ、いいや。私の妄想力で、すごい漫画にしてみせるから」

「頑張って」と、ひろ乃は食べ終わった食器をシンクへ運んだ。桃菜に見えないところで、ふと思いに耽《ふけ》る。

何かあったわけではない。だが、何もなかったとも言い切れない。

桃菜が隣に来て一緒に片づけをする。

「描き上がったら、ひろ乃に一番に読んでもらうからね」

嬉しそうな桃菜に、微笑み返す。大抵のことは言える間柄だが、あのことは話していない。話すほどのことではないし、何より、誰にも話したくはなかった。

NASAの日本支部局員、鴨村《かもむら》が自宅を訪ねてきたのはその数日後だ。

「やりましたよ！　日本中の熱い思いが、NASAの鋼鉄の壁を打ち崩しましたよ！」

体育館でブースに案内してくれた若い男性だ。あの時も妙に人懐こくて、目を輝かせていた。

ひろ乃は嫌な予感がした。キラキラする目は、最近どこに行っても自分に向けられるものと同じだ。父の謙二郎と母の美乃梨は顔を見合わせている。謙二郎は不安そうに聞いた。

「あの、うちの息子に何かあったんでしょうか」

「いえいえ、息子さんはお元気ですよ。アメリカにある通信センターでは常に彼らの状態を把握しています。何かあったら、すぐにご家族のほうにもお知らせしますよ」

「そうですか。よかった」

謙二郎は胸を撫《な》で下ろしている。惑星を跨《また》いで活躍する宇宙飛行士の父としては、気弱で剣呑性《けんのんしょう》だ。響也が火星開拓に参加するとわかってから、口には出さないがずっと心配している。

母のほうは鴨村が自宅に持ち込んできた機材に興味津々だ。

「体育館にあった火星に通信できる機械と似てますね」

「同じです」と鴨村はニンマリと笑った。「モニターとマイクです。これを使って、ご自宅から火星にメッセージを送れるようにしました」

「やっぱり！」

美乃梨は喜び、子供のようにはしゃいでいる。謙二郎も嬉しそうだ。

ひろ乃だけは、まだ警戒していた。

データ授受にはいくつもの衛星を網の目のように使うため、相当な電力を消費する。そのために特別な場合を除いて、プライベート通信のスケジュールは決まっている。わざわざNASAの日本支部まで出向いて録画したものを、更にアメリカの通信センター経由で送ってもらうのが本来のやり方だ。

それなのに、簡単に一般家庭から火星へメッセージ？

「データ送信には莫大《ばくだい》な電力がいるって聞きましたが」

ひろ乃の懸念に、さっきまで喜んでいた美乃梨が困り顔になる。

「まあ。電気代が上がるのは嫌だわね」

「大丈夫です。このお宅の裏に高電圧のバッテリー搭載車を用意しました。普通の電線から引っ張ってくると、スイッチを入れた途端に周辺地域が停電ですからね」

「あら。じゃあうちの電気はこれから全部、そのバッテリーからもらえるのかしら」

「搭載車がある限りは」

「よかったわ。大丈夫だって、ヒロちゃん」

美乃梨はホッとしている。

もちろん、ここから直接火星に通信できるのは有難い。だがそこまでするからには絶対に何かあると、ひろ乃は疑っていた。鴨村はにこにこしている。

「同じように、響也さんからも地球への通信が許可されました。月曜、午後九時。つまり今日ですね。彼の声を世界中に届けられるんです。響也さんにはすでにこちらへの映像を送ってもらっています。すごいですね。特別待遇ですよ。響也さんの妹さんへの思いを、ものすごい数の人が見たがっているんです。ＮＡＳＡもこれを無視するわけにはいかず……」

「待ってください」

ひろ乃は鋭く遮った。鴨村はきょとんとしている。

「はい？」

「兄から送られてくる映像が、また全国に生放送されるんですか？」

「もちろんです。今度は日本だけじゃありませんよ。世界二十九か国で同時放送です。宇宙を跨ぐ恋人同士の熱い軌跡が注目されているんです」

「ちょっと待ってください。まず、私と兄は恋人同士ではありません」

「え？　そうなんですか」

「そうです。確かに私たちは義理の仲です。でも恋人ではありません。なので、そんなドラマみたいな放送時間にわざわざ枠を合わせてきても、みなさんが期待するような展開にはならないんです。兄の声が聞けるのは嬉しいですけど……」

鴨村がニヤリとしたので、ひろ乃はわざと冷淡に言った。

「ただの家族連絡に貴重な電力や通信設備を使ってもらうのは、申し訳ないです」

「いえいえ、遠慮なさらず」

「遠慮ではありません」

「うーん」と、鴨村は軽い感じで腕組みをする。「でも響也さんのメッセージには、別の期待も込められているんです。火星移住については、肯定的な意見ばかりではありません。現時点で、自分たちには恩恵がないからと反対する声も多いのが実情です。そんな人たちも、今回のお二人の関係には興味があるはずです。今を生きる世代が、リアルに感じることのできる地球と火星の距離なんです」

鴨村の言葉は、ひろ乃の心にチクリと刺さった。

自分がまさにそうだ。反対こそしないが、火星で起こっていることは他人事だ。少なくとも自分が生きているうちに一般人の移住は実現しないだろう。だから考えることを後回しにしてきた。

ひろ乃が黙ると、それまで我慢していたのか美乃梨が話に入ってきた。

「あの、うちの響也君の映像はお茶の間に届くとして、こちらからの返事はどうなるんですか？　それもテレビで流れちゃうのかしら」

「いいえ。こちらからのメッセージは今まで同様、響也さんしか見ることができません。

ＮＡＳＡの通信センターを除いてですが」

「ヒロちゃん。だったら、いいんじゃない？　響也君の元気な姿が見られるのよ。それにこんな設備までくださって、お得じゃない」

「これらはすべて貸与品になりますので、利用後は返却ください」

「あら、そうなの？　うふふ、そうね。響也君が帰ってきたら、いらないものね」

母は深く考えずに、息子に会えることを喜んでいる。本当のところ、ひろ乃も兄の声が聞けるのは嬉しいのだ。意地を張っているのは意識をしているからだと、認めよう。

「わかりました、鴨村さん。こちらから連絡できるようにしてもらって、ありがとうございます」

「よかった。では響也さんからの映像が届いたあとに、ご家族の方のメッセージを送信してもらいます。時差があるので意思の疎通が難しいと思いますが、そこは愛のパワーで乗り越えてください。愛は宇宙を超えます。頑張ってください」

「はあ」

もう面倒くさくなって否定はしない。夜になり、居間にあるテレビで特番を映す。鴨村は返信時の対応のためにまだ残っていた。まるで家族の一員のように一緒にテレビを見ている。

どのチャンネルも予定を変更して響也の特番を放送している。どこで入手したのか、ひろ乃が保育園の頃の写真まで使われていた。町内会の運動会で、響也がひろ乃をおんぶして走っている写真もある。スタジオには雛壇《ひなだん》が組まれ、司会者とゲストは人気の芸能人。科学番組というより家族密着のバラエティ番組だ。

時間がきて、映像が白く切り替わった。体育館のモニターで見たのと同じだ。画面が少し乱れ、響也が映る。

「おーい、響也」

「わー、響也君」

両親はテレビに向かって手を振っている。ひろ乃もじっと兄を見つめた。

兄はつなぎの作業服を着ていて、前回よりも慌ただしい感じだ。襟元を緩めながら、カメラ位置に座る。

『すみません、ちょっとバタバタしていて。ＮＡＳＡから急に連絡が入って、地球にメッセージを送るようにと言われました。これって、やっぱりあれですかね。あれだろうな』

響也はひと息つくと、服の首元を緩めた。室内は暑いのだろうか。顔が少し上気している。

『実はついさっき、キャンプに帰還したばかりです。本当は昨日の午後に帰る予定だったんですが、復路で装甲車のエアダクトの調子が悪くなって、修理に半日かかりました。出力も低下したせいで、丸一日オーバーです。とはいえ、これくらいは想定内です。行く先で嵐に遭遇することもあるし、車が岩に乗り上げて横転することもある。そうなった時のための救済策は用意されています。ですが、今回のトラブルは僕にとって火星で……いや、宇宙での初トラブルでした。充分すぎるほど訓練してきたし、冷静に対処したつもりです』

響也は薄く笑っているが、いつもより覇気がない。それが単に疲れからなのか、テレビの声や表情だけではわからなかった。

『でも痛感しました。ここは、地球とは違うんだと。火星は地球人にとって不毛の地です。ここには、地球から持ち込んだもの以外何もない。だから物資は減る一方で、増えることは決してない。空気すら消耗品です。救済の人手にも、限りがあります』

響也の口調が暗いせいか、美乃梨が不安そうに小声で言ってきた。

「なんだか響也君、元気ないわね」

「そうね。疲れてるのかも」

ひろ乃は気丈に答えたが、母と同じ不安を感じていた。火星開拓には選び抜かれた精鋭のみが行ける。その中でも兄は優秀なはずだ。それなのにエアダクトの不調だけで情緒不安定になるほど、宇宙は過酷なのかもしれない。

響也は束の間、目を閉じた。そして開けた時には、いつもの兄だった。

『だから今回、痛感しました。ここは火星なんです。困った時に助けを求めたくても、助けの手は遠い地球にしかない。人がいないからです。僕はここにいる間、あることをすると妹に約束しました。ひとつだけ、妹が火星で暮らすための必須条件です。妹はパンが焼けるなら、いつか火星に行ってもいいと言いました。ヒロ、そこにいるか？　言ったよな？』

兄がテレビの中でにこやかに手を振っている。

美乃梨は少し呆れたように言った。

「ヒロちゃんってば、そんなこと言ったの？」

「最悪」

ひろ乃はがっくりと頭を落とした。

確かに言った。兄が地球を発つ直前だ。結婚云々《うんぬん》とかいうタチの悪い冗談に対抗したつもりだったのだ。

パンを焼く？　火星で？

なぜあんなことを言ったのだろう。

だがあの時は、恥ずかしさも手伝った。兄は本気ではないと思いながら、自分も本気にしていると思われたくなかったのだ。

『実は今の時点では、火星でパンを作るのは無理です。無理というか不要なんです。原料から人が作らなくても、ほとんどの物がボタンひとつで機械製造されます。フランスパンから焼きそばパンまで、僕も食べてみましたがなかなかのクオリティです。それにキャンプでは事故防止のために限られた者しか調理設備を使えません』

「ヒロちゃん、それ、知ってたの？」

「知らない……」

ひろ乃は悄然《しょうぜん》とした。火星では何かを作らなくてもいい。作れないのだ。そんなことも知らなかった。

こちらの気持ちとは正反対に、響也が明るく言った。

『だから、使えない設備は使いません。僕は結構器用なので、火器不使用のマイクロ波オーブンを自分で組み立てます。NASAにはこの放送をもって許可を求めますが、駄目とは言わんでしょう。確かに火星では人手が足りず、環境も不充分です。そんな遠い地で壊れた装甲車を地球の手を借りずに直せたことは、僕の自信に繋がりました。火星でパンと言われた時は難しいかなと思いましたが、本気なら、なんだってできるんです。ここでもやりたいことはできます』

「カッコいい」と、鴨村が囁いた。尊敬のこもった目で響也を見ている。「響也さんってほんとにキリッとしていて、カッコいいですよね。惚《ほ》れ惚《ぼ》れしちゃいますね」

「そうですか？　駄目なところも、いっぱいありますけど」

世界中に自分のくだらない我儘を暴露されて、ひろ乃は不貞腐《ふてくさ》れていた。これでは完全にこっちが不利ではないか。子供っぽい妹に付き合っている、理解ある兄。きっとそんなふうに思われている。だが実際は響也のほうが子供っぽいのだ。拗ねるし、強引だし、独占欲が強い。

テレビの向こうの遠い星で笑っている響也は、とてもそんなふうには見えない。ずるいと思った。

『こうして地球に向けてメッセージを送れるのは、僕にとってすごく嬉しいことです。あ、誤解しないでくださいね。堂々と妹を口説けるからとか、そういうのではありません。宇宙飛行士の大切な仕事のひとつに、宇宙開発の推進があります。僕らの経験を語ることで、みなさんが少しでも関心を持ってくれるよう、普及に努めるんです。こうして地球への通信が許されたってことは、僕には啓発活動の資質があるのかな。地球に戻ったらあちこちで講師に呼んでもらえるかもしれませんね』

そう言って社交的に笑う兄を見て、ひろ乃は怪しみだした。もしかして兄は帰還後の儲《もう》け先を確保しようとして、話題作りをしているのではないだろうか。それともプロポーズそのものが宇宙開発の推進とやらの一環で、NASAぐるみの演出かもしれない。

両親は単純に感心している。

「すごいわねえ、響也君。きっとほんとに引っ張りだこよ」

「講師って儲かるのかな。そうなったら僕、マネージャーになろうかな」

「あら、謙二郎さんこそ、講義ができるんじゃやない？　だって謙二郎さんは響也君が一番尊敬する人よ。日本初の火星開拓員のお父さんなんだから」

「そ、そうかな。へへ」

『あと、嬉しいサプライズがありました。移動中、車に転送されてきたメッセージの中に妹からの返信がありました。絶対無視されると思ってたから驚きましたね』

響也はニタニタしている。

『いやあ、なんていうか、もちろん内容は秘密ですけど、ちょっと元気が出ますね。僕の妹は昔から少し辛辣なんですが、押さえるところは押さえてくるんです。遠い地球からもグッとこころへんを押さえられて、たまりませんね』

兄が胸のあたりを親指で押さえた。ひろ乃は茫然とした。

「いや、何言ってんの……」

『あ、みなさん、変な想像はしないでくださいね。たいした内容じゃないんです。ただ一日目はダンマリだったから、余計に有頂天になっているだけです。こういうテクは見習いたいですが、結局は惚れてるほうが負けなんで、僕はこうしてチャンスがあればアピールを続けます。えっと、馬鹿なことを言いましたが、僕の妹は真面目で慎ましい女性です。からかわれるのが苦手です。どうかみなさん、彼女をからかったり、無理に意見を求めたりしないでください。強い子ですが、何もかもが平気なわけじゃない。泣きませんが、傷はつきます。火星にいる僕に代わって彼女に優しくしてくれると嬉しいです』

響也は軽く手を振った。

『では地球のみなさん、ここらへんで失礼します。もしまたＮＡＳＡが許可してくれたら、話ができるかもしれませんね』

映像が特番のスタジオに切り替わった。スタジオの面々はみな、ぽかんとしている。しばらくすると、若い女性タレントが黄色い声で騒ぎ出した。次いで全員が騒ぎ出す。女性は誰もがうっとりしている。

ひろ乃は半分げんなり、半分しんみりしていた。

明日にはもっとマスコミが騒ぐだろう。からかわれなくても注目はされる。商店街は売り上げが伸びたと喜んでいたが、純粋にマーズのパンが好きで来てくれているお客さんに迷惑がかからなければいいが。

鴨村と謙二郎は妙に気が合うのか、女子高生のようにキャッキャと照れている。美乃梨は静かに言った。

「響也君はヒロちゃんのこと、いつも見ててくれたものね」

「そうだっけ？」

「そうよ。お母さん、謙二郎さんと再婚してよかったことがいっぱいあるけど、一番よかったのは響也君がヒロちゃんのお兄さんになってくれたことよ。兄妹って、ずっと兄妹でしょう。お兄さんが響也君でほんとによかった。もしヒロちゃんが響也君のことを振っても、響也君なら大丈夫よ。何があっても兄妹だから」

「まあね……」

ひろ乃は曖昧に答えた。兄が兄でなくなる心配はしていない。心配なのは自分だ。結局、好きになった人は兄と同じ部分を持つ人だった。この先、誰かを好きになるとしても多分、兄と似た人なのだろう。

もし兄を振ったなら、二人の関係はどうなるだろう。元の兄妹に戻れるだろうか。兄は笑って、兄のままだろう。だが自分が妹に戻れるとは思えない。妹を失《な》くしたら兄は寂しがるだろうか。

「さあさあ、ひろ乃さん！　僕が用意したこの通信機器でお兄さんにメッセージを送ってください。どうぞ！」

鴨村は興奮している。考え込むひろ乃に、美乃梨が訝った。

「ヒロちゃん？」

「お父さんたちから返事してよ。私はあとでいい」

「あら、そお？　謙二郎さん、響也君にメッセージ送らないと。ほら、チャチャッと済ませましょ」

「そうだね」

カメラとマイクが起動され、謙二郎と美乃梨は短い挨拶だけで済ませた。鴨村が期待に煌《きら》めく目を向けてくる。両親もだ。ひろ乃は平静を装って言った。

「別に見ていてもいいけど」

「あ！　そうですね。お父さん、お母さん、ちょっと席を外しましょう」

「そうだね、一人で話したいよね」

「そうよ、そうよ。うふふ」

三人は不自然に騒ぎながら居間から出たが、ドアのすりガラスにしっかりと姿が映っている。

めっちゃ、聞いてるし――。

ひろ乃はカメラに向かって話し始めた。

「まずは、お疲れ様でした。無事にキャンプに帰ってこられてよかった」

そこでひと息入れる。この動画は世界中に配信されるわけではない。緊張することはないと、落ち着かせる。

「こっちでは、お兄ちゃんが変なことばかり言うから大変なことになってます。家の前にマスコミはいるし、ワイドショーやネットでも騒がれて、大迷惑です。日本とアメリカなら直接会って文句も言えるけど、地球と火星じゃ、そうはいかないでしょう。時間差もありすぎて喧嘩《けんか》もできない。だからもう、みんなの前で変なこと言うのはやめてよね。次に言ったら、返事しないから」

これは本音だ。ひろ乃は迷惑していた。穏やかで変化のない日常を過ごしたい。人と関わり合うのは苦手だ。一人で黙々と製パンするのが好きだ。長い時間をかけて、小さなパンを作る。食べるのは一瞬で、費やした時間と比例しない。しかも時間をかけても美味しくなるとは限らない。

まだ小学生の頃、お菓子作りにはまった時期があった。作ったお菓子を両親に食べてもらうと、二人とも少しだけ食べて、まあまあねと言った。

兄ははっきりまずいと言って、全部を平らげた。

今もたまに失敗することがある。店に出せないパンは廃棄するしかない。だが子供の頃、自分の作ったお菓子をゴミ箱に捨てずに済んだのは兄のお陰だ。時間をかけて作ったパンを廃棄するのは、大人になった今でも嫌なものだ。

「もし火星で」

火星で、何？

自分が何を言いたくて、何を言おうとしているのかわからない。ただぼんやりと、まだ一緒に暮らしていた頃の兄を思い出していた。

「パンが焼けなかったとしても、それはお兄ちゃんのせいじゃないよ。お兄ちゃんはいつも、私のために一生懸命になってくれる。だからもし駄目でも、それは関係ないから」

関係ない？　どういう意味？

ひろ乃は自分に問いかけた。

答えを出すには複雑すぎる。兄が地球に戻ってくるまで、まだ二年以上ある。兄妹として過ごした二十年以上をゆっくりと思い返してみてからでも遅くはない。

兄は情が深い。待ってくれる。

「便乗になりすぎるかなと思って、火星パンの販売をしばらくお休みしてたけど、考えてみたら今さらだし、また再開するわ。待ってくれてるお客さんもいるしね。あれ、すごく人気なの。お兄ちゃんも試作の時、いっぱい食べてくれたわよね。お兄ちゃんはいつも正直に感想言ってくれるから助かるの。まずかったらまずいって、はっきり言うでしょう。私のこと、辛辣とか言ってたけど、お兄ちゃんだってなかなかのもんよ」

ひろ乃は目を伏せた。自分しか映っていないのに、見つめられているような気がしてカメラが見られない。

「でも、大丈夫。傷はつかない……。強く育てられたからね。私は大丈夫だけど、どっちかっていうとお兄ちゃんのほうが心配。ほんとにいいの？　私がいなくなっても」

この映像が火星に届くのが五日後。兄がなんと答えるかはわからない。

通信を切ると、両親と鴨村が戻ってきた。三人とも不安そうな顔をしていた。

「あの、ひろ乃さん。今のはどういう意味でしょうか。私がいなくなってもって……」

「そうよ、ヒロちゃん。もう会えないみたいな言い方するんだもの。なんだかお母さん、胸がキュッてなっちゃったわ」

「ひろ乃ちゃん、もし響也の気持ちが重いとかそういうことだったら、僕からそれとなく言ってあげるよ」

三人は困惑している。ひろ乃はつい笑ってしまった。

「大丈夫よ。たいした意味はないから。お兄ちゃんが私の周囲のことを気にしてたから、自分のことも気を付けてって言いたかったの。マスコミの取材が火星にまで行きそうなんだもの」

「そうなの？　だったらいいんだけど」

美乃梨は半信半疑だ。謙二郎も鴨村も、納得していない様子だった。

ひろ乃は自分の部屋に戻った。スマホには響也の放送を見た友人知人から、とんでもない数の連絡が来ている。ひろ乃から響也になんと返事をしたのか、想像合戦のようになっていた。

妙な感じだ。二人の関係が勝手に進んでいっている。

実際には兄妹の枠をほんのちょっとはみ出しただけだ。そのほんのちょっとに、二十年以上かかった。

◆十一年前

飛行機から降りた瞬間、日本の湿度の高さを肌で感じた。

響也はすぐにアメリカへ戻りたくなった。この蒸し暑さにはうんざりする。体が乾燥した気候に慣れてしまっていた。

アメリカの大学院では優秀な学生や教授に囲まれ、常に博士課程の研究と履修に追われている。脳が焼き切れそうなほどに回転する、刺激的な毎日だった。

高速バスと電車を乗り継ぎ、実家に着いたのは夕方だ。義理の母の美乃梨が明るい笑顔で出迎えてくれた。

「おかえりなさい、響也君」

「ただいま」玄関の上り口を見ると、黄色い鼻緒のゲタが置いてある。「誰のゲタ？」

「ヒロちゃんのよ。今晩、川沿いで花火大会があるの」

居間に入ると、水色の涼し気な浴衣《ゆかた》を着たひろ乃がいた。鏡の前で髪の飾りを直している。夏のジメジメが一気に吹き飛んだような気がした。

「へえ、可愛いじゃないか」

「お兄ちゃん、お帰り」

ひろ乃はいつものように抑揚なく言った。髪留めに気を取られているのか、鏡越しにチラと目を向けただけだ。

「浴衣か。日本らしくていいな。そうか、やたら駅に人が多いなと思ったら、今日は花火大会なのか」

日本の風物詩だ。思いがけない妹の装いに、響也は顔をほころばせた。紫陽花《あじさい》の柄に黄色の帯がよく合っている。もう十四歳だが、まだ十四歳だ。そのあどけなさが胸をくすぐる。

「何時からだ？　着替えるからちょっと待って」

響也が大きな鞄を探りだすと、ひろ乃は不思議そうに尋ねた。

「お兄ちゃんも花火見に行くの？」

「行くよ。一緒に行くだろう？」

「行かないよ。私、友達と待ち合わせしてるんだもの」

さも当然のように返され、響也はショックを受けた。

「嘘だろう。久しぶりに帰ってきた俺を置いて、友達と遊びに行くのかよ」

「だってお兄ちゃん、明日帰ってくるはずだったじゃないの」

確かに響也は予定より一日早く帰ってきた。大学の友人の課題を手伝ってから出発するつもりだったのが、周囲の助けもあって前倒しすることができたのだ。

その甲斐《かい》はあったと、ひろ乃の可愛らしい浴衣姿を見て喜んだのも束の間、妹は兄を放って花火大会に行こうとしている。

響也は不服を言ったが、ひろ乃は聞き流している。髪を留め直すと、黄色い鼻緒のゲタを履いてあっさりと出かけてしまった。

半年ぶりに会えたというのに、このつれなさ。浴衣が鮮やかだった分、あっという間に居間が殺風景になる。

オンラインでは、よく顔を見せ合っていた。そのためか離れている実感はなく、アメリカで家族を想うことはほとんどなかった。モニター越しの妹は研究疲れの合間の癒しのような存在で、健やかならそれだけで充分だった。それなのに、実物が目の前からいなくなると、胸に穴が開いたようだ。

露骨にがっかりした響也を美乃梨が気遣ってくれる。

「響也君、泣かないで。ヒロちゃん、今日の花火大会は随分前からお友達と約束しちゃってたの。もうちょっとしたらお父さんが帰ってくるから、三人でご飯食べましょうね」

「泣いてない……」

美乃梨は義母というより、父の妻としていい距離感で接してくれる。妹にとっては実の母だが、二人は見た目も性格も似ていない。いつもにこやかな美乃梨に対して、ひろ乃は表情が少ない。

仕方なく、響也は拗ねたまま居間でダラダラしていた。美乃梨はキッチンで夕飯の用意しながら話しかけてくる。

「ヒロちゃん、ほんとは響也君が帰ってきてすごく嬉しいのよ。空港に着いた時に、ヒロちゃんに連絡くれたでしょう。あの子、難しい顔してずっと黙ってたのよ。多分、ギリギリまで花火大会をキャンセルしようか悩んでたのね。響也君を放って出かけたくなかったと思うわ」

「わかってる。そういう時に機嫌取るようなことを言わないのも、知ってる」

それでも響也はブスッとしていた。妹に友達との約束を破ってほしいなどとは思わない。ただ単に、つまらないだけだ。

「ふふ、ほんとに響也君はヒロちゃんのこと、わかってくれてるわね。あの子って、何を考えてるか顔に出さないでしょう。ああいうところは亡くなった前の主人に似たのよ」

美乃梨はにこやかに笑いながら言う。ひろ乃の父親が交通事故で亡くなったことは聞いていた。ひろ乃が生まれて、すぐだったらしい。

「へえ、そうなんだ」

「いつも不機嫌そうにムスッとしていてね。最初は怖かったんだけど、話してみると優しくて、無駄なこと言わない分、嘘もつかない。誠実ないい人だったわ。でも、ご両親からはよく可愛げのない子供だって言われてたんですって。だからひろ乃が生まれた時、自分と同じようにあんまり笑わない子でも、笑っていないと思われませんようにって願ってたわ。実際にヒロちゃん、たまにしか笑わないし」

美乃梨はクスクスと笑っている。この人は初めて父に紹介された時からいつも笑っていて、つらいこともこうして笑いながら言えてしまう人だ。一方でひろ乃は確かに笑顔が少ない。だが笑わない子だとは思わなかった。

「それがまさか、娘の成長を見る間もなく交通事故であっさり逝っちゃうなんてね。あの時はびっくりしたわ。旦那さんが亡くなりました。はあ、って感じ。ヒロちゃんは赤ん坊だからずっと泣いてるし、勝手にお葬式の手配が進んで、おしめを替えて、喪服のままおっぱいを飲ませて、悲しんでる暇なんてなかったわ。急に逝かれると、心の準備がまるでできていないでしょう。何もかも置いてけぼりのままよ。あ、誤解しないでね。だからって今でも忘れられないとかじゃないから。謙二郎さんのことも、ちゃんと好きだからね」

「わかってる」

響也は頷いた。美乃梨はご機嫌で夕食の用意をしている。

初めて会った時、この人は父を幸せにしてくれそうだと思った。実際この人のお陰で父は幸せになれたし、響也も、妹という灯りをもらった。そして今は、父がこの人を幸せにしてくれて本当によかったと思う。ひろ乃の兄になれてよかった。

スマホが鳴った。見ると、キバからだ。キバも少し前に日本に帰省している。こっちも戻ったことを知らせていたので、早速の連絡だ。

「友達からのお誘い？」

顔を上げると、美乃梨が笑っている。響也はちょっと困った。

「うん、だけど」

「行ってらっしゃいよ。お夕飯はヒロちゃんが帰ってから食べるし、いいのよ」

美乃梨がいつもさっぱりしているので、響也は遠慮せずに済んだ。

誘いに乗って街中の居酒屋まで行くと、そこには懐かしい顔がそろっていた。キバと、大学の同級生たちだ。

「おー、来たな。俺らの希望の二番星」

「なんだよ、それ。まさか希望の一番星は、そこにいるキバじゃないだろうな」

「もちろん俺に決まってんだろう」

キバは笑っている。キバとも直接会うのは久しぶりだ。何人か知らない女子もいて、半分合コンのような感じだ。キバの隣にいる西田アヤミという女子は今のキバの恋人だ。彼の恋人のサイクルは早く、しょっちゅう違う子を連れている。

「ムラセとフクチは一足先に就職だってよ。二人とも省庁だってさ」

「そうか。もう社会人か」

「おまえは？　日本に帰ってくる予定はあるのかよ」

キバが軽い調子で尋ねた。就職組もいれば、国内で大学院へ進んだ者もいる。この数年が人生の大きな岐路だ。キバも自分と同じでまだアメリカの大学院で修学中だ。

「ああ。修了したら日本の企業に就職するよ。親にもだいぶ金使わせたからな。地道に働くさ」

実のところすでに大手の重工業から誘いがきている。ロケットのエンジン性能をテーマに発表した論文が雑誌に載り、国内外の航空宇宙事業部門から声をかけられていた。

「でもその先にあるのは火星だろ」

キバがからかうように言う。彼もまた違う方向から宇宙を目指していた。

「まあな。でも、さすがにおまえとは同じチームにはならないよ」

「えー、なになに？　キバ君も宇宙飛行士になるの？」

隣にいたアヤミが可愛らしく尋ねると、キバは笑った。

「そうさ。俺のほうが瀬川より先に火星に行くぜ。日本人で一番乗りだ」

「えー、すごーい。私も連れてってくれる？」

「もちろんアヤミちゃんも一緒に火星まで行こうぜ。パッと行ってパッと帰れるように、瀬川がすげえエンジンを開発するからさ」

「すごーい。やったー」

アヤミは喜んでいる。こんな軽口を誰にでも言えるキバはすごい。響也は誰かを連れていくなど冗談でも言えない。確実に置いていくと、知っているからだ。

スマホが鳴った。ひろ乃からの連絡だ。

「あ、悪い。俺、ちょっと抜けるわ」

周りから抗議の声が上がる。響也は苦笑いして店から出た。ここからなら歩いて数分で駅だ。向かおうとした背中に、声がかかった。

「瀬川君」

振り返ると、一緒に飲んでいた女子の一人だ。アヤミの友達で宮崎汐里《みやざきしおり》といったか。

「えーっと、宮崎さん。どうしたの」

「また会えないかな。できれば二人で」

汐里はしっかりした口調で言った。特に美人というわけではないが、美しさに依存しない凜とした自信がみなぎっている。

響也は一瞬考えた。今、特定の相手はいない。

「でも俺、少しの間しか日本にいないよ」

「私もなの。夏が終わればイギリスに帰るの」

そういえば中学の頃から両親と共にイギリスにいると言っていた。大学卒業後も向こうで暮らす予定だと。

汐里は真っ直ぐに見つめてくる。臆するところのない瞳に惹《ひ》かれた。強い女性が好きだ。自立して、自分をしっかり持っている女性が一緒にいて楽しい。その他大勢の一人だった汐里が、急に抜きん出た存在になる。

「いいね」

響也が意味を隠さず微笑すると、汐里も笑い返してきた。

駅は煌々《こうこう》と明るく、多くの人でごった返していた。浴衣を着た若い子たちが待ち合わせや迎えを待って、軒下に並んでいる。その中にひろ乃もいた。隣にはもう一人浴衣を着た女の子がいる。

響也が近寄るより先に、若い男二人組がひろ乃たちに声をかけた。危険な感じはなく、ただのナンパらしい。それでも響也はカチンときた。

「あー、こらこら、うちの妹は駄目だよ」

割って入ると、若い男はそそくさと逃げて行った。見ると、あちらこちらで声のかけ合いをしている。明らかに誘いを待っている女の子も多い。

やっぱり迎えに来てよかったと、響也は小さくため息をついた。妹はもうそういう対象なのだ。一緒にいる女の子は初めて見る顔だ。

「こんばんは」

「あっ、こ、こんばんは」

女の子は顔を赤くした。ひろ乃はさっきのナンパなどなかったかのように平然としている。

「この子、中島桃菜ちゃん。一年の時、同じクラスだったの」

「どうも、中島さん」

優しく笑いかけると、桃菜は更に真っ赤になった。少し派手で、ひろ乃とは違うタイプの子だ。彼女の父親が迎えに来るまで三人で待つ間、桃菜はよく喋った。興奮して身振り手振りする桃菜に、ひろ乃は静かに相槌《あいづち》を打っている。

しばらくして桃菜は父親と帰っていった。小さく手を振って見送るひろ乃を、響也は見ていた。

「仲良しなんだな」

「うん。桃菜ちゃん、漫画描いてるのよ。すごく上手なの。将来は漫画家になりたいんだって」

「そっか」

桃菜は明るかったが、きっと本当は照れ屋なんだろうなと思った。ひろ乃が彼女の前で彼女を褒めないのは多分そういうことだろう。

帰ろうとした時、駅に溢れる人の中に知った顔を見た。向こうも気が付いたようだ。

「瀬川じゃないか。久しぶりだな」

高校の同級生だ。当時は同じグループで仲良くしていたが、卒業してからは初めて会う。

「久しぶりだな」と、響也も懐かしさに笑った。同級生は傍らのひろ乃をチラッと見た。

「何？　彼女？」

「ああ、まあな」

響也は目を逸《そ》らした。ひろ乃は黙っている。同級生とはすぐに別れ、二人は家に向かって歩き出す。

にぎやかさから少し離れると、ひろ乃が言った。

「どうして駅で声かけてきた二人組にはちゃんと妹って言ったのに、さっきの人には彼女って言うの？」

「うん？　ああ、あいつは駄目だ。妹だって言えば紹介してくれって言う奴だ」

同級生がひろ乃に向けた目でピンときた。女なら中学生でも対象になる男だ。どいつもこいつも無節操で腹立たしい。

ひろ乃は眉根を寄せて首を捻っていた。

「妹と彼女の違いがよくわかんないよ」

「どっちも一緒だ。ナンパの場合は彼女とか言うと揉めるけど、妹なら大抵はすぐに引き下がるもんさ」

「なんで？」

「なんでって……」

兄や父親の登場は、場面によっては白けるものだ。身内に対抗しようとは思わない。

だがそれが他人なら別だ。急に敵対心が芽生える。奪いたくなるし、取られたくない。

「なんで？」

もう一度ひろ乃が聞いてきた。妙な回答はしたくなかった。

「こういうのはうまく使い分ければいいんだよ。ヒロだって変な奴に付きまとわれたら、兄ちゃんを彼氏だって言えばいいさ。そしたら兄ちゃんのカッコよさにビビッて、そいつは逃げていくから。ほらな。彼氏の兄ちゃんも使えるだろう？」

「うん」

「それに、もしいつかヒロに彼氏ができたら、そいつのことも兄ちゃんに紹介すればいい。頭がよくてカッコいい俺にビビッて、本気でない奴は逃げていくだろ。ほらな。兄妹なんて、都合よく使えばいいのさ」

「うん……」

ひろ乃は渋い顔をしている。

響也にとって、妹と恋人の違いに意味などない。恋人はこれからもずっと存在しない。

そう遠くない未来、火星への宇宙飛行士に名乗りを上げる。そうすれば本格的に居住地をアメリカに移し、訓練は何年も続く。誰かと深く付き合うより、自分だけに集中したい。

何よりも火星開拓には往復と滞在を合わせて数年を要する。待たせるようなことはしたくない。

妹とはオンラインでよく顔を合わせている。宇宙ではどのくらいの頻度で話せるのかわからないが、会えなくても寂しくはない。どこかで元気でいてくれれば、そばに張り付いていなくてもいい。

だがこうして並んで歩いていると、手が届かない虚しさを実感した。

わかっている。今日のような夜は今までもあったし、これからも続く。たまたま迎えに行けたからといって、妹を守っていることにならないのだ。運動会でおんぶしていた頃が懐かしかった。

響也は空を見上げた。火星は見えない。街の明るさにほとんどの星が消えている。

「ヒロがずっと小さいままだったらなあ。ポケットに入れて、宇宙まで持っていけるのに」

「私、ポケットに入るほど小さくないよ」

「わかってる。もう独り占めできないってことさ」

この感情は妹には理解できないだろう。庇護《ひご》は片側通行だ。連れてはいけないが、この思いを持ったまま火星に行く。

「兄ちゃんは絶対、火星に行くぞ。絶対だ」

「百万回聞いたよ。それでひろ乃の子供とか孫が、火星で暮らすんでしょう」

「そうだ。ヒロの時代はまだ無理かもしれないけど、きっといつか、簡単に宇宙へ移住できる日が来る。兄ちゃんはそのために火星に行くんだ」

「はいはい。頑張ってね」

呆れて冷めた返事はいつものことだ。可愛らしい浴衣を着ていても、妹はいつも辛辣だ。おんぶできなくても、ポケットに入らなくても、ずっと妹だ。兄貴になれてよかった。本当によかった。

兄妹は永遠に、兄妹のままなのだから。

◆西東京市より　20×2年　月曜日

兄が火星に到着してから、早くも一年。この一年間、ひろ乃はずっと辟易《へきえき》していた。毎日、自分たちのことがネットニュースに載っている。お堅い科学番組でも二人のことを取り上げるし、ワイドショーでは愛の軌跡を徹底解明と、芸能人ネタに並ぶ扱いだ。

取材や出演依頼が山のようにくるが、すべて断っていた。自宅とパン屋の前は常に人だかりだ。どこへ行くにも、マスコミが付いてくる。護衛がいなければ、今ごろ精神を病んでいたかもしれない。

今日はベーカリー・マーズに鴨村が訪ねてきた。トレーいっぱいにパンをのせている。

「先週の放送も大反響でしたよ。響也さんのお陰で、宇宙開発事業への関心度は急激に伸びています。関連の株価もすごい勢いで値上がりしているそうですよ。経済効果、抜群ですね」

「はあ」

ひろ乃は気のない返事をした。確かに商店街は相乗効果でどの店も増収となり、組合長からはお礼を言われた。

「ＮＡＳＡへの就職希望者も、過去にないほど増えています。二人のやり取りを直で聞きたいと、日本支局でも通信センターへの異動を希望する職員が続出して大変ですよ。瀬川兄妹の影響はすごいですね。響也さんからのメッセージも、毎週世界中に放送されるようになったし」

「はあ……」

火星はすごいと思う。兄もすごいのだろう。だが自分は一般人だ。すごいことなど何もない。

「そうだ。この前、こちらの火星パンとスターフィナンシェを局内に差し入れしたら大喜びされましたよ。すごく美味しかったんで、また買ってくるようにお願いされました」

「それは、どうもありがとうございます」

パンについては、褒められると素直に嬉しい。自分でも美味しいと断言できるものしか店頭に並べない。鴨村は月をイメージした黄身アンパンと、ブルーベリージャムにクリームチーズのかけらを散らした星空デニッシュも買ってくれた。

「これを局に届けたら、月九の放送に間に合うように戻ってきますから。待っててくださいね。急いで戻りますから」

鴨村はいそいそと店から出て行った。今日も夕方を前にして、すべてのパンが完売だ。毎週月曜日の午後九時、火星からの時差中継が定期的に始まってからは、閉店時間を早めている。お客が多すぎて、商品が夜までもたないのだ。

もっと製造量を増やせばいいのだが、この店のパンはひろ乃が一人で作っている。無理をして品質を下げることはできない。結果、今までの常連さんが買いに来てくれても、人気のある火星パンなどは売り切れている。

兄に文句を言いたい。NASAにも文句を言いたい。

一番言いたいのは、鴨村だ。どうして毎週、兄からの映像を人気ドラマのように楽しみにしているのか意味がわからない。よそで見ればいいのにうちに来て、両親と一緒に目をキラキラさせている。

だがひろ乃の予想では、それも今日で最後だ。

家に帰ると、火星と地球の通信誤差を記載した日程表を確認する。毎週、月曜日は地球での放送日になっているが、それは三日前に火星で映されたものだ。

月曜日は謙二郎も早くに帰ってきて、家族三人と鴨村で、響也の特別番組を見る。先週の響也はほとんどプライベートに触れなかった。火星の大気を使って酸素変換する仕組みをわかりやすく説明していた。子供向けの科学番組のようで、ひろ乃は楽しく観られた。だが火星からの映像が終わると、番組司会者は残念がっていた。妹へのコメントが少ないというのだ。

「でもそれが尚更、世間の妄想合戦を掻き立てているんですよ」

九時より随分と前にやってきた鴨村は興奮して言った。美乃梨が不思議そうに首を傾げている。

「どうして？　先週のは、私もなんだか物足りなかったわ。だって最後にちょっとヒロちゃんに手を振っただけだったし」

「響也さんの作戦ではないかって憶測が飛び交っているんですよ。押して引くの、引く部分です。でも冷たくしきれなくて、最後には愛《いと》しい妹さんに向けて、つい手を振ってしまった。そういう想像で大盛り上がりですよ」

「まあ、そういうこと？　うふふ、響也君ってば不器用ねえ」

美乃梨は少女のように頬を赤らめている。ひろ乃は聞いていないふりをした。

「でも確かに響也はそういうとこあるよね」と、謙二郎まで言い出す。「ほら、尊敬する人は月で暮らした宇宙飛行士のなんとか博士ってずっと言ってただろう。中学くらいからずっとだよ。それなのに火星メンバー発表の記者会見で、いきなり僕の尊敬する人は父ですって言ったじゃない。びっくりしたよね。もう、頭がボーッとしたよ」

「きっとそれまでは恥ずかしくて言えなかったのよ。可愛いところあるわね」

謙二郎と美乃梨ははしゃいでいる。ひろ乃は黙っていた。

兄に可愛いところなどない。恥ずかしいとか、そういうのではない。だが余計なことは言わないでおいた。

「響也さんの緩急あるコメントも好評なんですが、一番のポイントは、ひろ乃さんからの返信が放送されないってところですね」

鴨村は興奮して顔を上気させている。

「ひろ乃さんが響也さんに何を伝えたのか、毎回想像するしかないじゃないですか。ネットやテレビでは有名な脚本家がひろ乃さんの返事を創作して、ドラマ仕立てにしていますよ」

「仕立てないで」と、つい零れる。

「パパラッチがひろ乃さんの返事を手に入れようと躍起になっているので、情報を持ち出さないように、ＮＡＳＡ職員全員が誓約書へサインさせられましたよ。でも、誰よりも一番僕が狙われてますけどね。だって直接ひろ乃さんの声を聞けるわけだし。ふふふ」

聞けるわけではない。勝手に聞いているだけだ。

おまけに先々週、ひろ乃が喋っている最中に鴨村は映り込んだ。自己紹介しただけだが、それがどういうことか鴨村はわかっていない。地球と火星の通信時差が複雑なせいで、彼はまだ呑気《のんき》だ。

九時になり、番組が始まる。表向きは日本人初火星到着記念特別番組だ。スタジオには人気タレントがズラリと整列している。テレビの向こうで自分のことを話題にされるのは妙な感じだ。誰か別の人のことを言っている気がする。

「もうすぐ始まるわね」と美乃梨と謙二郎が画面の前で構える。ひろ乃も静観した。ネタにされるのは迷惑だが、兄を見られるのは嬉しい。

画面が白くなった。切り替わる。

響也だ。

「あれ?」

謙二郎に美乃梨、鴨村も目を瞬いている。響也はいつも通りカメラの前に座っている。だが顔付きがいつもとは違う。ひどく厳めしい。

『……火星に着いてから、今日でほぼ一年。宇宙船の打ち上げ時でも、こんなに心乱れませんでした。乱れるというか、苛々《いらいら》しています。しかも一週間近くこんなメンタル状態が続いて、業務にも集中できませんでした。宇宙飛行士として情けない思いです』

響也は神妙な面持ちだ。ワイプで端に抜かれたテレビスタジオがざわついている。

「ど、どうしたんだろう。響也がこんなに落ち込むなんて、相当なことがあったに違いない」

謙二郎も動揺している。だがひろ乃は淡々と言った。

「大丈夫よ、お父さん。落ち込んでないから」

画面の兄は苦々しく首を振った。

『陰気な顔をして、すみません。家族のことで少し心配事があって。家族というか、妹のことなんですがね。どうやら僕の妹に、よからぬ影がちらついているようです』

「えっ、ヒロちゃん、そうなの？」

美乃梨は驚いている。謙二郎も鴨村もだ。三人とも、ひろ乃を見ている。

ひろ乃は肩を竦めた。だいたい想定していた展開だ。

『週に一度、こうして僕は地球へ直接配信することを許されています。そして家族からも特別に映像を届けてもらっています。ものすごく楽しみにしているし、励みになります。でも先日、妹から届いたメッセージにある男性が映っていたんです。撮影は自宅で、家族も在宅中でした。だから別段不審人物というわけではありません。関係者なので、むしろ安全面では有難く思わなくちゃいけないんでしょうね。妹の後ろに、若い男。遠い地球にいる妹の背後に、若い男。うん、騒ぐほどのことじゃないんだろうな。こんなことで心掻き乱されて任務に集中できないなんて、僕は未熟なんでしょうね』

響也は自嘲すると、顔を伏せて黙った。三日間のタイムラグがあるとはいえ、世界に向けて放送中なのに沈黙している。

ひろ乃はチラリと鴨村を見た。鴨村は硬直している。

鴨村は担当職員としてちょっと自己紹介しただけだ。両親もその場にいたし、疚《やま》しいことは何もない。ただ調子に乗りすぎた感は否めない。ひろ乃はこうなるとわかっていた。

響也が顔を上げた。今までの紳士的なイメージが台無しになるほどの人相の悪さだった。

『おい、男。コラ。仕事にかこつけて、俺の妹に気安く話しかけてんじゃねえよ。妹は口数が多いほうじゃないけどな、黙ってるからって近寄っていいわけじゃねえぞ。おい、男。聞いてるか。うちの家に出入りすんのは仕方ねえが、妹にはさわるな。見るな、近寄るな。いいな。俺が次に地球に向けてメッセージを送るまでに返事しねえと、おまえんちに直接ロケットで乗り込むからな』

一方的な威嚇のあと、響也はまた顔を伏せた。顔を上げた時には、はにかんでいた。

『すみませんでした。ちょっと感情的になってしまいました。何しろ火星と地球は離れているので、すぐに駆けつけることができません。昔は妹がナンパされているのを見て、彼氏なんだけどって無理やり割り込んだこともあるんですけどね。ははは』

そんなことしてないと、ひろ乃は呆れた。

ただ兄は昔からひろ乃の周りに目を光らせていた。今思うと、あれは独占欲だったのかもしれない。

『わかる人はわかると思いますが、妹の恋愛事情について、兄貴っていうのは微妙な立場なんです。文句を言いたくても言えない時がある。逆に、言ってもどこか他人事だ。当事者にはなりえないんだから。でも僕は口出しする権利がある。当事者なんでね。というわけで、この放送を見たそこの男。これは最初で最後の通告だ。次に俺がこのカメラの前に来るまでには、いい返事をしてくれ。よろしく』

映像が切れた。

誰もが茫然としている。テレビのスタジオも、家の中も静まり返っている。

タレントが大騒ぎする前に、ひろ乃はテレビを消した。

鴨村は真っ青になっていた。

「今のは、僕のことでしょうか」

「そうですね」

ひろ乃が素っ気なく言うと、鴨村は大騒ぎし出した。

「い、今すぐ火星に向けて連絡をしてください！　ひろ乃さんから響也さんに誤解だと説明をしてください。でないと僕は、日本中からつるし上げを食らってしまいます！　早く火星宛てにメッセージを」

「無駄ですよ」

「む、無駄？」

「というより、もう遅いんです。今から送信しても、兄に映像が届くのは五日後。その前に兄は地球に向けてメッセージを送ります」

ひろ乃が惑星間の時差を記載した表を見せた。ＮＡＳＡ職員なのだから向こうのほうが詳しいはずなのに、鴨村は固まっている。

「えっと、つまり……どういうことですか？」

「だから、今から説明したって、来週の月九の放送には間に合わないってことです。大丈夫ですよ。不機嫌だからって、仕事に影響するような人ではありませんから」

「でも、返事しろって」

「心配しなくても、ロケットで乗り込んだりさせませんから。せいぜいカメラに向かって文句を言うくらいで、何ならこのまま放っておいても……」

「そんなことしたら、僕は世界中から悪者扱いされたままじゃありませんか！」

鴨村は大声を上げた。完全に取り乱している。

「今、世界中から僕へのバッシングの嵐ですよ！」

「そんな大げさな」

「だって、ほら！」鴨村が自分のスマホを突き出した。「見てくださいよ！　すでに僕の名前と顔写真がネットに晒されてる！　うわあ！　住所までバレてる！　今から押しかけるって予告が！」

謙二郎と美乃梨は顔を見合わせている。

「鴨村さん、大変だわねえ」

「ほんとだね。危ないから今日は泊まっていけば？」

「そんなことしたら、本当にロケットが撃ち込まれますよ！　どうしよう、ひろ乃さん。どうしたらいいでしょうか」

鴨村は泣き出してしまった。自業自得だが、少し可哀そうになってきた。

「そう言われても、地球と火星の通信差は今からじゃどうしようもありませんよ。ここからじゃ火星に電話もできないし」

すると鴨村は目を大きく開いた。

「それだ！　アメリカの通信センターなら音声がすぐに送れる！　今すぐアメリカに飛び

ましょう！」

「え、嫌です」ひろ乃は眉根を寄せた。「鴨村さんが一人で行って、兄に説明すればいいじゃないですか」

説明なんて不要だ。そもそも兄は誤解などしていない。単に牽制《けんせい》しているだけだ。

牽制？

ぼんやりと考える。昔からしょっちゅう周囲に脅しをかける面倒くさい人だった。そうか、あれは牽制していたのだ。

「僕なんかが何言っても信じてもらえませんよ。頼みますから、ひろ乃さんから響也さんに言ってください。僕は無害で献身的なＮＡＳＡのいち担当にすぎないって。お願いします。お父さんもお母さんも、お願いします！」

鴨村は泣きながら頭を下げる。謙二郎も美乃梨も困り顔だ。

ひろ乃は戸惑った。兄と直接話すなんて、想定外だ。あのふざけたプロポーズのあと、兄との通信は週に一度。お互いに一方通行だから気が楽だ。

それがいきなりダイレクトに話せる。

想定から外れると、急に胸がざわついてきた。タイムラグと距離に守られて、ひろ乃は冷静でいられた。急にその二つがなくなる。

その時、自分が何を言うのか想像できなかった。

「ベッドがフカフカで気持ちよかったわね。おうちにいるよりもよく眠れたわ」

美乃梨はビジネスジェットの内装の豪華さにご満悦だ。

今、ひろ乃と美乃梨は小型飛行機でヒューストンへ向かっている。通常とは別の搭乗口に乗り付けられたのは、ＮＡＳＡが所有する特別機だ。ジャンボジェット機よりも速く、遠くまで飛行できる。響也が開発を務めたエンジンを搭載していた。

「でも残念だわ。謙二郎さんも一緒に来られたらよかったのにね」

「仕方がないわよ。昨日の今日じゃ、仕事は休めないもの。もちろん私だってね」

ひろ乃は冷ややかに鴨村を見た。この小型機は鴨村があらゆるコネを駆使して強引に手配したものだ。通信センターへの承諾も勝手に取り付けられ、もう断れない状態だった。

五年ほど前、キバの新居に遊びにいった時よりも更に移動時間は短縮されているが、それでも日本とアメリカの往復には丸一日かかる。今日は定休日だが、明日の仕込みに間に合わないのでベーカリー・マーズは臨時で連休にするしかない。

「こんなに休んでばかりじゃ、そのうちほんとにお客さんが離れていくかも」

「大丈夫ですよ。もしそうなったらＮＡＳＡの日本支局が責任を持って、毎日売れ残ったパンを引き取りますから」

ヘラヘラしている鴨村をひと睨みして、ひろ乃はため息をついた。腹が立つのはマーズのことだけではない。

「響也君と直接お喋りするの、久しぶりね」

美乃梨に心中を言い当てられ、ひろ乃は苦笑いをした。最後に直で話したのは火星への出発の前で、日本とアメリカでのオンライン電話だった。兄は笑って、嫁さんになれよと言った。あの時はてっきり、打ち上げ前の緊張で頭がおかしくなっているのか、アメリカ生活になじみすぎて見境がなくなったのかと思った。

だが今はそう思わない。通信センターでは兄と話すことになるだろうが、まだ心構えができていない。

美乃梨は窓から下を眺めると、しんみりとため息をついた。

「なんだか色んなことが起こるわねえ。息子が宇宙に行っちゃっただけでもすごいのに、おうちと火星が繋がって、こんな豪華な飛行機で私までアメリカに行けるなんて。ヒロちゃんと響也君のお陰で、お母さん、毎日胸キュンの連続だわよ」

「嫌じゃないの？　息子と娘が毎日どこかでネタにされて」

「全然」

母は嬉しそうに頬を緩めている。

「お母さんね、響也君が無事に火星から帰ってきたら、謙二郎さんと宇宙ステーションへ旅行しようと思うの。今まで二人きりで旅行なんてしたことないし、ちょっと贅沢《ぜいたく》だけど新婚さんに人気なんですって。いいわよね」

「うん。すごくいいと思う」

母の可愛らしさにひろ乃は微笑んだ。母には自分にはない素直さと純粋さがある。見ているこっちまで幸せになる。

飛行機は滑らかに着陸した。アメリカだ。搭乗時と同じく検疫などの手続きはパスして、別の出口からヘリコプターで移動する。

ヒューストンにある宇宙センターは広大で、まるでひとつの街だ。鴨村に案内されて通信棟に入ると、周りからの視線を感じた。

館内の職員が全員こっちを見ている。笑ったり驚いたり、スマホで写真撮影までしている。

なぜだろう。日本人が珍しいのか。

「アメリカでもお二人のドラマみたいな相関関係が話題になっているんですよ。すでに映像権の争奪戦が起こっていますよ」

鴨村は得意げだ。美乃梨も遊園地に来た子供のようにはしゃいでいる。絶対に何か間違っていると、ひろ乃は黙ってついていった。

「ひろ乃ちゃん？」

呼びかけに振り向くと、一人の女性が驚いた顔をしている。こちらも驚いた。

「尚子さん？」

「やっぱりひろ乃ちゃんだわ。びっくりした。こんなところで会えるなんて」

キバの奥さんの尚子だ。結婚式に呼んでもらったし、アメリカの新居にも遊びに行った。尚子は相変わらずほっそりと上品だが、逞《たくま》しくなった感じがする。

「尚子さん、どうしてここに？」

「ユウキのサポーターとしてここで働いているのよ。地球から彼の健康管理をしてるの」

尚子は医者だ。研究員として大学で働いていた時にキバと知り合い、キバの猛烈なアプローチにより結婚した。エリート同士のスーパーカップルだが、どちらもとても感じがよい。

「ひろ乃ちゃんは響也君と話しに来たのね」

「はい」

そう言ったあとで、ひろ乃は初めて気が付いた。惑星間のプライベート通信は、あらかじめ日程が決まっている。尚子だって簡単にキバとは話せないのかもしれない。

「もしかして私と兄のことで、他の家族に迷惑をかけているんでしょうか」

「あら、そんなことないわよ」

尚子は涼やかに笑った。

「むしろ逆だと思うわ。二人が注目されてから、すべての火星プロジェクトの進行が速くなったの。私の火星行きも前倒しになりそうよ」

詳しくはわからないが、尚子の口調ではいいことのようだ。尚子と別れると、鴨村が言った。

「キバユウキの奥さんですね。確か彼女は来年火星に出発する予定ですけど、今の話では早まるのかもしれませんね」

「火星に出発……」

開拓員の家族として、火星は身近なフレーズだ。だが、尚子のそれとは比べ物にならない。

「綺麗な人ねえ」

美乃梨は振り返り、尚子の後ろ姿を追っている。興味津々だ。

「キバさんの奥さんでしょう。あの人も火星に行くの？　キバさんと、入れ替わりになっちゃわない？」

「お母さん。キバさんは地球には帰ってこないのよ。尚子さんは宇宙飛行士じゃないわ。キャンプで暮らすけど、お兄ちゃんたちのように火星を開拓するために行くわけじゃないの」

火星ではすでに試験的な居住が始まっている。開拓員がキャンプ内で生活をしていて、響也たちのチームからも数名が現地に残る。希望する者はそこに家族を呼んで、移住者として暮らせるのだ。

尚子はキバを追って火星へ行く。とてつもない勇気だ。

尚子は医者で、こうしてＮＡＳＡでも働いている。メンバーの家族というだけではなく、必要な人材なのだ。ただのパン職人で宇宙生活に必要なスキルをひとつも持っていないひろ乃とは違う。少しだけ胸に苦いものが広がった。

通信室には多くの職員がいた。大きなモニターが部屋の三方を囲んでいる。映っているのは衛星からの静止画像だ。赤茶色の大地に、小さな灰色の星形コロニーがいくつも見える。

通信室長の男性が挨拶に来た。男性は愛想よく笑った。

「統括責任者のジュリアンから、できるだけご希望に沿うように言われています。彼女は不在ですが、瀬川さんのご家族にお会いしたかったと非常に残念がっていました。特に、妹のひろ乃さんに」

「私にですか」

統括責任者といえばなかなかの上席だろう。ジュリアン。聞いたことのない名前だ。

鴨村がヘッドセットマイクを渡してきた。

「即時に送れるのは音声とテキストのみになります。映像はデータ量が多くて時間がかかってしまうんです」

「それはわかってますけど、ここで兄と話すんですか？　みんなの前で？」

職員が全員、好奇の目でひろ乃を見ている。これではプライバシーがなさすぎる。

「すみません」と、鴨村は笑いながら謝った。「急だったので、無理言って五分だけ管制室に時間をもらったんです。大丈夫ですよ。みんな、聞いていませんから」

「そんなわけないじゃないですか」

ひろ乃はため息をついて、ヘッドセットを装着した。たった五分でも、急遽《きゅうきょ》ＮＡＳＡの予定に割り込んでいるのだ。どれだけの人に迷惑をかけているかと思うと、これ以上、文句は言えない。

通信員の男性が英語でアナウンスする。専門用語はわからないが、相手を呼び出している。すぐにスピーカーから声が聞こえた。雑音もなく、すぐそこで喋っているような滑らかな兄の声だ。英語だが、耳当たりのよい優しい声だ。

すごい。火星がすぐそこにある。

自分でも驚くくらい胸がいっぱいになった。顔は見えないのに、近くに兄を感じた。

「お兄ちゃん」

囁く声もマイクが拾ってくれる。向こうで、兄が息を飲んだ。わずかな音もスピーカーから伝わる。

『ヒロか？　なんでそこにいる』

「来たの。ここならすぐに話せるから」

『おまえ、わざわざ……。いいのに』

兄の声が珍しく感情的だ。弱みを見せない人だ。環境の過酷さを思い知る。

ひろ乃はわざと明るく言った。

「仕方がないじゃない。お兄ちゃんが放送で変なこと言うから、こっちではちょっとした騒動なのよ。慌てて飛んできたんだから」

『変なこと？』

まだ、兄の声はどこか上擦っている。ひろ乃も変な感じだ。フワフワしている。

「返事をしないとロケットで乗り込むって」

『ああ、それな。そうだな。おまえの後ろに映り込んでたあの男、なんてったっけ?』

「鴨村さん」

『そいつに言っとけ。俺の妹に近寄るなって』

もう兄の声はいつもの調子だ。少し尊大で、ゆっくりと深い。聴衆向けの愛想よさはないが、安心できる。何を考えているのか深読みなどいらない。

言葉につまった。もう用は済んだ。五分まであとどのくらいだろう。

向こうも静かだ。静かすぎて息まで拾う。

『……いきなりだと、何を話していいかわからないもんだな。色々と言いたいことはあるんだけど』

いきなりじゃなくても、何を話していいかわからない。ここへ着くまで充分に考える時間はあったのに、言いたいことは何もない。

兄妹なんてそんなもんだ。

「どうして今さらなの」

気が付けば、ひろ乃はそんなことを言っていた。急で、言葉足らずだ。

だが兄は理解してくれた。

『今さら？　今さらっていえば、そうかもな』響也は小さく笑った。『でも何かあった時、俺にはいつもヒロなんだよな。大きい小さいにかかわらず、全部おまえなんだよ。妹ならそれでもよかったんだけど、たまたま違うもんだからややこしい。今さらっていえばそうだけど、そろそろ一緒になってもいいかと思った。それだけだ』

わかるような、わからないようなと、ひろ乃は首を傾げた。なんだか自分じゃなくてもいいように聞こえる。

「それって単に……私が長くそばにいたからじゃないの？」

『かもな。でもそんなもんだろう。俺は自分で面倒くさい男だって自覚してる。ヒロぐらいだろう、担えるのは。長いこと妹やってたんだから』

そんな無茶苦茶なと抗議しかけて、兄の言うことは正しいと思った。響也は厄介だ。人当たりがよいが割と執念深く、高圧的だが心配性だ。何より他人には隙を見せない。理解できる人は少ないだろう。その上、今では立場も複雑だ。彼は火星にいる。

「でも私、ただのパン職人だし」

『俺だってそこらへんにいる宇宙飛行士だ。そうだ。こないだピエールと一緒にテーブルロールを作ってみたんだけど、生地がうまく発酵しないんだ。どうも大気の微妙な違いで膨らまないみたいだから、今、成分試算してる。オーブンもマイクロ波のものしかないし、発酵がうまくいったら不燃エリアでデッキオーブンを作って、ヒーターでこんがり焼く計画だ。ピエールがフランス出身だから、パンに詳しいんだ。俺より乗り気で、テーブルロールは思ったよりも早くに実現するぞ。プロからすればロールパンかよって笑うだろうけど、火星では結構な挑戦なんだぜ。材料も問題だ。まだ使える生卵に限りがあるから、今のうちから鶏卵コロニーを拡大して』

「なんでそうなのよ」

『いや、わかってるよ。材料確保なんて基本中の基本……』

「パンなんてどうだっていいじゃない。私は火星のこと、何も知らないのよ」

ひろ乃は苛立ちを抑えられなかった。

周囲が驚いている。鴨村も美乃梨も目を丸くしている。

わざわざアメリカまで来て兄に嚙《か》みつくなんて子供じみている。だがどうしようもない。

「お兄ちゃんはすごい宇宙飛行士なのよ。それなのにどうして私のことなんかに時間を使うの。私は火星のこと何も知らないのに、お兄ちゃんがパン焼いてどうするのよ。発酵？　オーブン？　何やってるのよ」

最後は声が荒ぶった。感情が揺さぶられて、我慢ができない。

兄は優しい。

妹に優しすぎる。

なぜ、今になって兄が結婚しようと言い出したのか、わかった。

『ええと』響也は戸惑っている。『火星で最初のパンは、ヒロが焼きたいってことか？』

「私のことばかり考えないでって言ってるのよ！」

通信室にひろ乃の大声が響いた。

束の間、しんとする。無音なのにスピーカーの向こうから困惑が伝わってきた。

『別にヒロのことばかり考えてるわけじゃ……、え？　なんで怒ってるの』

兄は本当にわからないようだ。見えなくても、困った顔が目に浮かぶ。

なんだか自分が駄々っ子になった気がする。俯《うつむ》いたひろ乃は鴨村と目が合った。鴨村は惚けている。

そうか、もう五分を過ぎているのだ。

「お兄ちゃん、もう切らなきゃ。次の地球向けの放送ではちゃんと訂正してあげてよ」

『訂正って何を』

「鴨村さんのことよ」

『男か』途端に響也の声が不機嫌になる。『そいつのこと、えらく気に掛けるんだな』

「またそんなこと言って。もう切るね。体に気を付けてね」

『おまえもな』

最後はお互いにあっさりとしたものだ。通信が切れると、母の美乃梨と目が合った。

ひろ乃は恥ずかしくて拗ねたように言った。

「喧嘩しちゃった」

「たまにはいいじゃない」

美乃梨は微笑んでいた。

周りはみんな立ち上がり、恍惚としている。鴨村は目を潤ませていた。

「僕は感動しました。穏やかで、どこか秘密めいた二人のやり取りに感動です」

秘密？　こんな大勢の前に担ぎ出されてどこが秘密だ。

ひろ乃はうんざりして言う。

「すぐに日本に帰りましょう。仕込みがあるんです」

そしてモニターを見た。赤茶けた砂の上に灰色の星。チョコレートの焼きドーナツに砂糖で星を描く。ココナッツでもいいかもしれない。生地は赤く見えるようにクランベリージャムを塗ろう。

火星は綺麗で、甘い。新作への意欲が湧いてくる。

ただ、いつも試作に付き合ってくれる兄がいないことが残念だった。

◆五年前

「お兄ちゃん、あの奥のテーブル」

妹は耳元で囁いた。

都内で人気のある超高級ホテルの大広間だ。大勢の招待客が円卓でにぎわっている。

響也はひろ乃の視線の先を見た。少し離れた丸テーブルを華やかな女性客が囲んでいる。

「あの一団がどうした」

「ずっと前に一緒に星を見に行った人だわ。マリアさん、だったかしら」

ひろ乃はまだ響也の耳のそばに顔を寄せている。席は隣なので普通に喋れる距離だが、
あまり人には聞かれたくない内容だ。響也は目を凝らした。視力はいいし、物覚えもいい。

だが多くいたキバの恋人を、全員は記憶してない。

「おまえ、よく覚えてるな」

「バンガローで同じ部屋に泊まったし、そのあとも一度バーベキューしたじゃない。絶対

にそうよ」

　そこまで言い切るなら間違いないのだろう。ひろ乃の声が困惑している理由に、響也は笑った。今、キバの結婚披露宴の真っ最中だ。焦るのは当然だ。

「気にすんな。キバの元恋人なら隣のテーブルにもいる。向こうのアメリカ人もキバの昔のガールフレンドだ」

「そうなの？」

「あいつの神経の図太さは尋常じゃないからな。まあ、どの子も別れ方が綺麗だから、別れたあとも友人になれるんだろうけど」

「信じられない」ひろ乃は呆れている。

　確かにそうだ。いくら今は友達とはいえ、自分の結婚式に前の彼女を呼ぶなど、聞いただけでゾッとする。

　だがそれがキバという男だ。人を見る目がある。歴代の恋人はみんなあっさりと次の男を見つけ、更にはキバと親しくなれたことで自分自身のステップアップに繋げている。

　ひろ乃は不服そうに雛壇の二人を見た。

「尚子さんが聞いたら怒るんじゃないかしら」

「そこは当然、承諾済みだろう。キバは抜かりないからな」

「信じられない。なんだか、駆け引きみたいね」

「大人の事情ってやつさ」

シルバーのタキシードを着たキバの隣では、花嫁の尚子が微笑んでいる。シンプルな白いドレスは彼女の知的な雰囲気にぴったり合っていた。アメリカのウイルス研究所に勤めるキバと大学病院の医者である尚子は無敵のカップルだ。

キバがこっちに手を振った。二人で来いと呼んでいる。響也はわざと皮肉めいた笑いを返した。

「ほら、不道徳な花婿が来いってよ。おまえももう二十歳《はたち》なんだから、大人だろ。膨れっ面すんな」

「膨れてなんかいません」

ひろ乃は響也をひと睨みすると立ち上がった。振り袖を着ているので、動きがゆっくりだ。二人して、雛壇の花婿と花嫁を祝福する。キバは大げさなくらい機嫌がよかった。

「ヒロちゃん、久しぶりだなあ。びっくりしたよ。めちゃくちゃ綺麗になったな」

「まあな」と響也はニヤリと笑った。

「なんでおまえが偉そうなんだよ。相変わらずだなあ。尚子、この子がひろ乃ちゃん。シスコンで親バカの瀬川の妹だ。全然似てなくて可愛いだろう」

「はじめまして、ひろ乃ちゃん。来てくれて、ありがとう」

尚子が優しく笑った。少し緊張していたひろ乃が表情を緩める。尚子に振り袖姿を褒められ、恥ずかしそうに頰を染めている。

響也は鼻が高かった。両親と共に着物で出席するように説得して正解だった。キバと尚子はアメリカで暮らしている。生まれ育った日本でわざわざ披露宴をするのだから、親友として少しでも華やかに祝いたかった。

ひろ乃はとても可愛らしい。着物がよく似合っている。招待客に日本人以外が多いせいか、周りがチラチラと見ている。そのたびに誇らしくなる。

テーブルに戻ると、ひろ乃と二人で酒を追加して飲み食いした。

「キバめ。新婚旅行の行き先、民間の宇宙ステーションだと。たっぷり休みを取ってひと月も滞在するってさ。金持ちめ」

「すごいね。セレブの間で流行《はや》っている夢の旅行だね」

「言っとくが、そのシャトル開発にはうちの会社も加わってるんだぞ。あいつに遊ばせるためにエンジン作ったわけじゃないんだけどな」

「いいじゃない。お陰で会社は儲かってるんでしょう」

グチグチ文句を言う響也をひろ乃が宥《なだ》める。うまい酒とうまい料理。可愛い妹に相手をしてもらい、ひどく楽しい。だらしなく笑っていると、様子見するように一人の女性が覗き込んできた。

「瀬川君」

知った顔だ。確か、西田アヤミ。さっき話題にしていたキバの元恋人の一人だ。一瞬ヒヤリとしたが、披露宴会場に乗り込んできたわけではない。向こうも招待客だ。すぐに笑顔を作る。

「西田さん、久しぶり。元気そうだ」

「瀬川君もね。活躍は聞いてるよ」と、アヤミは意味ありげに隣のひろ乃を見てきた。

「こちらもキバ君のお友達？」

「いや、これは俺の妹」

ひろ乃を紹介すると、アヤミは驚いていた。

「なんだ。妹さんだったの。イチャイチャしてるように見えたから、もしかしてと思って偵察しにきちゃった。でも瀬川君は遊び人のキバ君と違って、真面目だもんね。キバ君も落ち着いたことだし、次は汐里と瀬川君ね。二人の結婚式にも呼んでよ」

アヤミは自分のテーブルに戻っていった。響也は呆れた。さすがキバの元恋人だけあってふてぶてしい。こんな場で他人の世話焼きとは。

そういえば初めて汐里と会った時、キバとアヤミもいた。あの頃はまだみんな大学生だった。

「汐里さんって、ずっとお兄ちゃんと付き合ってる人？」

ひろ乃に聞かれて、響也は微《かす》かに笑った。

「まあな」

汐里のことを話しただろうか。噂《うわさ》はどこからともなく広がるものだ。だがずっとかというと、正確ではない。小さいが自分のギャラリーを持っている汐里は、海外を飛び回る優雅な生活をしている。年に一度か二度、彼女が日本に立ち寄った時に会う程度だ。

それでも気が付けば長い付き合いだ。五年、いや、もっとか。

「結婚するの？」

ひろ乃が抑揚なく尋ねた。その顔はまだどこかあどけない。響也は首を振った。

「しないよ」

「どうして？」

「俺はいずれ地球を離れる。そうしたら何年も待たせることになるだろう。相手に気の毒だし、こっちだって余計なことに気を取られる。こんなことを言うのはなんだが……」

響也はキバと尚子を見た。二人とも幸せそうに笑っている。

キバは時に軽薄に見えるが、しっかりとした人生計画を立て、それを実現する男だ。もしかしたら自分よりも早く火星開拓員の候補になるかもしれない。二人は仕事と同時並行で、国際的な火星移住計画の研究室メンバーに加わっていた。火星への有人着陸は年々周期が短く、滞在期間は長くなっている。自分たちの順番も現実味を帯びてきている。

そこへ来て、キバは結婚した。

てっきり自分と同じで身の回りを綺麗にしてから火星に挑むと思っていたのに、正直驚いた。尚子はキバが今まで付き合ってきた女性とはまるで違うタイプだ。

「……あいつらしいといえば、そうかもな。尚子さんは確実にプラスになる相手だ。足枷《あしかせ》になる人じゃない」

「お兄ちゃんって、呆れちゃうわね」

ひろ乃の軽蔑したような眼差《まなざ》しに、響也はムッとした。

「何が」

「好きになった人が、たまたまそうだったってことでしょう」

ひろ乃は呆れている。女の子らしい夢を壊す気はないので、響也は小さく肩を竦めるだけにした。好意やタイミングだけで伴侶を選ぶほどキバは迂闊《うかつ》ではない。好意なら、今この会場にいる昔の恋人の誰かでもよかったはずだ。みんな、それなりの条件はそろっているのだから。

計算とまではいわなくても、キバは間違いなく最高の知性と聡明さを兼ね備えた相手を選んだ。選ばれるキバもたいしたものだ。尚子も、見る目がある。

妹はまだ大学生だ。子供の頃からお菓子やパン作りが好きで、誕生日やクリスマスにほしがるのは調理器具や高級食材だった。試食に付き合わされるこっちはたまったものではない。

だが付き合った。食べた分だけトレーニングで代謝を上げ、妹にも、美味しいだけではなく低カロリーや低糖質の製パンに取り組ませた。彼女は短大でフードビジネスを学んでいる。起業はできても成功するのが難しく、夢を叶《かな》えたあとにはそれまでの教養が武器になる。そう説得して進学させた。

そして二十歳になった今もぶれることなく、ひろ乃はパン職人になるつもりだ。儲けや厳しさも知ったうえで妹が望むなら、響也にとって火星行きと同じくらい大事なことだ。

ひろ乃は静かに尚子を見つめている。輝くほどに美しい花嫁に憧れる目だ。

もうそんな歳なんだ。響也は少し切なくなった。

キバの結婚披露宴から数か月後、響也は勤め先の会社から月コロニーにある研究施設へ出向することになった。

ひと昔前は、国際宇宙ステーションだけが唯一の地球外施設だった。だが今は民間も含め、月面や宇宙空間にいくつもの活動施設がある。月コロニーでは重力装置が完備され、すでに人が暮らしている。研究施設は国内外の複数の企業が協力して運営している。

会社の近くで一人暮らしをしている響也は、出立前に実家に立ち寄った。

「また月に行くのか。すごいなあ、響也は」

謙二郎は感心している。父は偉ぶったところが少しもなく、いつも響也のやりたいことを後押ししてくれる。

「そのうち、尊敬してるなんとか博士を超えるかもね。響也が月で暮らすなら、僕と美乃梨さんもそろそろ宇宙航空の免許を取らないといけないな」

「ちょっと教習所に通えばすぐに取れるよ」

「日本に帰ってくるのはいつ？」

「三か月後くらいかな。何かあったら緊急帰還もできるから、遠慮なく連絡して」

「うん。お土産はいらないからね」

家族も慣れたものだ。月に住む気はない。人類はいずれ火星に移住する。そのために環境を整えるのが自分の仕事だと響也は思っている。シャトルの発着はアメリカで、このあとすぐ空港へ向かう予定だ。

ひろ乃は二階の自分の部屋にいた。ノックして入ると、小型のキャリーバッグを広げて荷物を詰めている最中だった。

「お兄ちゃん。帰ってたの」

「おう。挨拶に寄った。明日からまた月だ」

急にいなくなっては可哀そうだと、遠出する前にはこうして声をかけるのが長年の癖だ。といっても、妹はもう小さな子供ではないし、いつも平然としている。

響也は部屋に入るとベッドに腰掛けた。しばらく入らない間に部屋の雰囲気が少し変わっていた。

ひろ乃は床に座り込んで、畳んだ服をバッグに詰めている。旅行の用意をしているらしい。

「おまえは？　どっか行くのか」

「私も明日から旅行。沖縄に行くの」

「へえ、いいな。桃菜ちゃんとか？」

桃菜はひろ乃の中学の頃からの友達だ。よく家にも遊びに来ている。

「ううん」と、ひろ乃は少し目を逸らした。「水口君と」

時間が止まった気がした。ほんの一瞬だ。

響也は無意識に反応した。

「そうか。暑いから気を付けろよ」

「うん。お兄ちゃんもね」

ひろ乃は淡々としているが、どこかホッとしたようにも見えた。そのまま静かに荷物を詰めている。

何か言おうとして、何を言えばいいのかわからなかった。こんなことは初めてだ。響也は困惑した。立ち上がることができない。

止めるつもりはない。詮索もしない。妹はもう二十歳だ。こんなふうに出立前に声をかけなくても寂しがる歳ではないのだと、ようやくわかった。顔を上げたひろ乃はいつものように表情少ない。

「お兄ちゃん」

「なんだ」

「この前、キバさんの新居に遊びに行った時、尚子さんのお兄さんとお姉さんも来てたじゃない」

「ああ」と、響也は虚《うつ》ろに答えた。尚子の父親がアメリカ人女性と再婚しているので、白人系の兄妹がいる。

「ハリーとリズだな。彼らがどうかしたのか」

「みんな仲良しだった。尚子さんとも抱き合ってキスしてたね」

「そうだな」

なんの話だろう。心がついていかない。キバと尚子のアメリカの新居を訪れたのは先月だ。にぎやかな集まりだった。パーティー慣れした尚子のホストぶりは完璧で、新婚旅行先の宇宙ステーションの話も楽しく聞けた。ひろ乃も楽しそうだった。

その中で、ハリーとリズに何か引っかかる部分があったのだろうか。二人とも感じがよかったし、アメリカ人らしいスキンシップも過度というほどではなかった。

「あの二人も義理の兄妹なんですって。子供の頃にハリーのママとリズのパパが再婚したけど、離婚して、ハリーのママがリズのことも引き取ったって」

「欧米では再婚や離婚が多いから、複雑な家族関係は珍しくないよ」

これが答えか？

表面上はいつも通りだが、響也は内心混乱していた。ひろ乃は何かを探すように目を伏せている。

「義理の兄妹なのに、自然にハグしたりキスしたりしてた。それを周りもなんとも思わないのね。誰も気にしない」

「おまえ、誰かに何か言われたのか」

冷静さを取り戻し、同時に憤る。だがひろ乃は首を振った。

「言われない。言われても平気。ただあの二人を見て思ったの。血が繋がっていても、いなくても、ハグしたりキスしたりしてもいいんだなって」

ひろ乃がゆっくりと目を上げた。そこに感情は見えない。

「してみる？」

心臓は動いているだろうか。呼吸はしているだろうか。

距離は縮まらない。響也はベッドに腰掛けたまま、ひろ乃は床に座り込んだままだ。どちらも動かなかった。

やがて、響也はポツリと言った。

「でもここは日本だしな」

「そうだね」

ひろ乃も小さく返した。また荷物を詰める。お互いに、もういつもの態度だった。

「気を付けて行けよ」

「うん、お兄ちゃんもね」

響也は部屋を出た。ドアを静かに閉める。

途端に、コントロールしていた鼓動が狂ったように暴れ出した。全身から汗が噴き出す。

「……びっくりした」

目が回りそうだ。頭の整理がつかないまま下に降りると、義理の母の美乃梨が心配そうに言った。

「どうしたの、響也君。なんだか顔が変よ」

「そう？　元々こういう顔だけど」

頬を激しく引きつらせながら、笑顔を作った。どんな時でも感情を抑えられる自信があったのに、例外もあるのだと思い知る。

――ヒロの言葉に他意はない。

何度もそう唱えた。さっきのはただの興味の延長だ。本気じゃない。

クラクラする頭を抱えながら実家を出る。空港に行かなくてはならない。今日中にシャトルの打ち上げ場へ行かなくてはならないのだ。戻って、ひろ乃の真意を確かめる時間はない。

そんなことをしたら何もかもが崩れる。自分の足元も、ひろ乃の暮らしも、両親の立場もだ。

響也は自分をコントロールした。長い年月をかけて大切にしてきたのだ。壊すのは簡単だ。壊したあとは、決して元に戻らない。

傷付くのは、ヒロだ。

その答えにたどり着くと、妹の不可解な行動を胸の奥に仕舞うことくらい簡単だった。

皮肉なことに、月コロニーでの三か月間、今までにないほど仕事に集中できた。プライベートを一切遮断し、寝食も惜しんで没頭する姿は月面研究所で高い評価を得た。

火星では広大なキャンプに続々と人が送り込まれ、コロニーが建設されている。そろそろ本格的に会社へ支援を求める時期かもしれない。今や宇宙開発は最大の投資先だ。ひと昔前は宇宙飛行士になるために退職を余儀なくされたが、そんな非効率な時代は終わった。どの企業も自社の社員を火星に送りたくて仕方がないのだ。

すでに月は地球にとって遠くない場所だ。実際、響也は地球に引き戻される感覚があった。近すぎて、重力が呼んでいる。

カナダで休暇中の汐里から連絡があったのは、月で帰還シャトルに乗り込んだ時だ。地球と月の間では今や一般のスマホも通信可能だ。二人はアメリカで待ち合わせをした。

ちょうどよかった。地球に足を下ろしたら、そのまま日本に飛んでいきそうで怖かった。

滞在先のホテルのラウンジで待っていると汐里が現れた。汐里は大学生の頃のインテリっぽさがなくなり、あか抜けていた。

「ギャラリーの顧客に恋人が宇宙飛行士候補だって話すと、火星の土地を買うにはどうすればいいんだって聞かれるのよ」

会うのは半年ぶりだ。彼女はいつも洗練されていて、ベタベタしたところがない。一緒にいると居心地がよかった。

「あなたにも会いたいって言うのよ。多分、今のうちにお近づきになっておきたいんだと思うわ」

「俺はまだ候補ですらないよ」

「でも候補になれば最有力でしょう。ほとんど決まりみたいなもんじゃない。いい顧客ばかりよ。会ってみて損はないわ」

いつもなら心地よく運ぶはずの汐里との会話が、少し苛立つ。響也は無理に薄く笑った。

「会ったところで、話すことなんかないよ」

軽くかわしたつもりが、顔に苛立ちが表れていたのだろう。汐里は表情を硬くしたあと、すぐに微笑んだ。

「瀬川君にしては珍しく弱気ね。どうしたの？　何か悩んでる？」

「あ、いや。そういうわけじゃないんだ」

「仕事のことじゃないわよね。仕事ならこんなところにいないで、すぐに行動に移しているもの。身の回りで何かあった？　ご家族とか」

汐里は柔らかく尋ねた。彼女は響也の仕事への姿勢を理解してくれる。さすが付き合いが長いだけのことはあるなと、ふと気が緩んだ。

「ちょっと妹のことで」

「やっぱりね。あなたが感情的になるのは決まって妹さんのことだもの」

突然、汐里の声が刺々《とげとげ》しくなった。口元に歪《ゆが》んだ笑みを浮かべ、頬は強張《こわば》っている。

驚いた。彼女がこんな表情をするのは初めてだ。

「あなたが話してくれるまで待とうと思ったけど、やっぱり無理ね。我慢できない。お節介な友人がわざわざ調べてくれたの。あなたと妹さん、血が繋がっていないんですってね」

明らかに彼女は怒っていた。

響也はただ眉根を寄せるだけだ。友人が誰で、何を調べたのかはどうでもいい。だが汐里が何に憤っているのかわからない。

「それがどうしたっていうんだ」

「どうしたですって？　よく言うわね。騙《だま》されていた気分よ」

「騙す？」

益々《ますます》わからない。当惑する響也を汐里は嘲笑《あざわら》った。

「いやだ、瀬川君。本気でわからないのね。今まで散々妹さんを優先してきたのは、結局は別の意味だったたってことよ」

「ちょっと待てよ」ようやくピンときた。「血の繋がりがなんだっていうんだ。俺にとって妹は妹だ。義理の仲だからって、そういう偏見はよせよ。それに優先してきたって言うけど、妹のことで君との約束を破ったことはない。先約があれば相手が誰であっても蔑《ないがし》ろにしたりはしない」

「礼儀でそうしてるだけよ。わからないと思ってたの？　あなたはいつだって妹さんのことばかり。ずっと違和感があったけど、それも本当に妹なら微笑ましいわよ。完璧なのに、家族を大事にする人なんだって思ってた。でもあなたの大事は家族のそれじゃない」

「家族だよ。血の繋がっていない者同士でも、俺たちは家族だ」

「血縁が問題なんじゃないわ。一般的な話をしてるんじゃないの。あなたの話をしてるのよ。妹じゃない一番の女がいて、じゃあ私はなんなのよ」

薄暗いラウンジに女の悲痛な声が響いた。響也は啞然とした。彼女はいつも論理的で、冷静で、可愛げもある。それが今は感情をむき出しにして怒りをぶつけてくる。こんな汐里は初めてだった。

二人は黙った。目を合わせない。じわじわと汐里の言葉が効いてくる。

妹を非難されたことへの腹立ちではなかった。後ろ指差されるような関係ではない。

ただいつも聡明な汐里をこんなふうに激高させて申し訳ないと思った。自分は知らず知らずのうちに彼女を蔑ろにしていたのだろうか。

「瀬川君」

「うん」

「もし私が結婚してって言ったら、考えてくれた？」

汐里はもう穏やかだ。

二人の間で今まで話題になったことはない。響也は誰とも結婚するつもりはない。必要ではないからだ。

だが真剣に考える。彼女の問いかけは過去形だが、長く付き合ってきたのだ。真剣に考えるのが誠意だと思った。汐里は自分をしっかり持っている。数か国語を完璧にこなし、どんな国でも暮らせる。宇宙飛行士の仕事を理解して、それを矜持《きょうじ》としてくれる理想的なパートナーだ。彼女以上の伴侶はこの先、見つからないだろう。

「……汐里が望むなら」

「瀬川君って時々純粋よね。もう少しあざとくないと、火星行きの競争に勝てないわよ」

汐里は笑うと、立ち上がった。

「綺麗な星空を見て、私を思ってくれたことがある？　ないでしょう」

そう言って、あっさりラウンジから出て行った。長年の恋人が突然去った理由がまったくわからず、響也はぼんやりとした。

どんなに考えても釈然とせず、誰かに話を聞いてほしい。そんな時に思い浮かぶのは、妹以外ではキバだ。

ちょうどいいことに、キバは今、アメリカで新婚生活をスタートさせている。響也は飛行機に乗ってキバが暮らす州へと渡った。悶々《もんもん》としたまま、親友の家に着いた頃にはもう深夜だった。

「今日は尚子が夜勤だ。大学病院ってのはどこも人使いが荒い」

キバは相変わらず陽気だ。焦燥した顔でいきなり訪ねてきた響也を、明るく笑い飛ばす。

「なんだ、その顔。おまえ、急激に老けたな」

「うるせえ。おまえだって急に所帯じみたぞ」

キバは豪華なキッチンに立って響也のために料理をしてくれている。手際よく酒と料理を振る舞われ、響也は感心した。

「えらく慣れたもんだな。共働き夫婦は家事分担か」

「こっちじゃ何もできない男は無能扱いだぜ。アメリカ育ちの女からすれば、できて当然。日本みたいにやってあげましたってのは通用しないの」

キバは意外にも恐妻家のきらいがあるらしい。遊び人だった親友が尻に敷かれているのを見て、少し気分がよくなった。二人でダラダラと酒を飲み、昔話をする。

響也はあまり酒が強くない。一方キバはいくら飲んでも酔わない。こっちが先に潰れるのは楽で、テーブルにぐったりと突っ伏す。いつの間にか話題は汐里のことになっていた。

「意味がわからない。なんだよ、騙されてたって……。妹が本当の妹じゃないからって、何が悪い？　聞かれなかったから言わなかっただけだ。そもそも、家庭の事情なんて人に触れ回るもんじゃないだろう」

「俺にからむな。まあ、彼女の言うこともわからなくはないけど」

「なんだと？　何がわかるってんだ」

「だから俺にからむな」

だらしなくテーブルに伏せる響也に、キバは苦笑いをした。

「おまえとヒロちゃんのことはさておき、汐里ちゃんとの関係はあんまり褒められたもんじゃなかっただろう。おまえが不実とか、そういうんじゃないぜ。ただおまえ、明らかに彼女に惚れてなかっただろ。だから負けなんだよ。惚れてるほうが勝ちだからな」

響也は酔った頭で考えたが、最後の言葉しか引っかからなかった。

「なんで惚れてるほうが勝ちなんだよ。逆だろう、普通」

「馬鹿め。惚れてるからどんな反則技でも使えるんだよ。おまえは彼女に頭下げて、捨てないでくれって頼んだか？　引き留めたくて、嘘ついたか？　俺なんか尚子に頭下げて、涙まで流したんだぜ。一緒に火星へ来てくれってな」

酔いが少しだけ醒めた。逆に酔っているので聞き間違いかと思った。

「一緒に火星へ？」

「そうだ。俺は任期後、そのまま火星に残留する。やることはいくらでもあるんだ。とんぼ返りなんてもったいないだろう」

「おまえ、酔ってんのか？　十年単位の話だぞ」

「だから連れて行くんだ。尚子は俺のあとを追ってくる。俺たちは火星で暮らすんだ」

キバの話がよく呑《の》み込めず、響也は頭を振った。すると余計に酔いが回る。急激な眠気も襲ってくる。

火星で暮らす？　嫁さんと一緒に？

可能か？

——不可能ではない。キャンプで暮らすのは開拓員だけではない。宇宙飛行士以外にも、現地に関わる様々な人が暮らしている。医療関係者、整備士、技術者、それらの家族も送られている。もちろん数々の規定はあってハードルは高いが、尚子なら乗り越えられるかもしれない。

「おまえ」と、呂律《ろれつ》が回らない。いい酒だったので、調子に乗って飲みすぎた。「全部計算して、嫁さん、選んだのか」

「馬鹿め。そんなんだから、いつまで経ってもおまえは兄貴止まりなんだよ。ヒロちゃん、彼氏がいるんだってな。うちに来た時に言ってたよ。いいのかよ」

「なんだよ、いいのかって」

響也は腕に額を押し付けた。思い出したくないことを言われたせいか、ムカムカしてくる。

「なんだよ、おまえまで。何が言いたいんだよ」

「不貞腐れるな。意気地なしめ。どんな奴なんだよ、ヒロちゃんの彼氏って。おまえのことだから妹にちょっかい出さないように散々威嚇してるんだろう」

「知らん」

「知らんって、なんだそりゃ。会ったことないのかよ」

キバの声が呆れている。響也は顔を上げられなかった。

「どのみちどんな奴でも気に食わないんだから、知るだけ無駄だ」

「無責任だな。おまえのガードが堅かったせいで、ヒロちゃん、男に免疫ないだろう。変な奴だったらどうするんだよ」

「仕方ないだろう、ヒロが好きだっていうんだから」

「なんちゅう不器用なんだ。悔しくないのか。ヒロちゃん、取られて」

「悔しいに決まってる。考えただけでムカムカするし、腹が立ってしょうがない。でも、ヒロが好きだっていうなら……、そいつがヒロを幸せにできるなら……」

強く握った拳をテーブルに押し付ける。もう妹が手を繋ぐことはない。妹の手を握るのは別の男だ。

悔しくて仕方がなかった。そんな奴、ぶん殴ってやりたい。

ひろ乃をナンパする男も、いやらしい目で見る奴も、全員ぶん殴ってやりたい。兄ならば、そいつらを蹴散らす権利がある。いや、そんな権利はない。ひろ乃が誰かを好きになっても何もできない。指をくわえて見ているしかないのだ。

だが、できることもある。いつかひろ乃が火星で暮らす日が来て、ひろ乃がそいつを好きだというなら。その時、兄である自分にできることは。

「そいつも連れていく。火星に」

「馬鹿な男だ」

キバのため息が重い。キバの言いたいことはわかっている。汐里の言ったこともわかった。

だからなんだというのだ。どうしろという。頭の中でドロドロとしたものが渦を巻いている。暗いところに引きずり込まれていくようだった。考えれば考えるほど、自分が嫌になる。

「……目の前で成長したんだ。人の道に外れてるだろ」

「外れてねえよ。おまえらは一緒に成長したんだ」

キバの小馬鹿にした笑いに小さく笑い返す。そのあとはもう覚えていない。

目覚めた時にはちゃんとゲスト用のベッドに寝ていた。キバに抱えられて運ばれたのかと思うと、バツが悪い。尚子も帰っていて、居間では二人が幸せな新婚カップルの見本のように笑顔で迎えてくれた。

だがキバはニヤニヤと目を悪く光らせている。

「完璧男も、ゆうべはかなり口を滑らせたな」

「覚えてない。安物の酒のせいで悪酔いしたからな。おまえも本気にするなよ」

「後押ししてほしくて来たんじゃないのかよ」

「俺はそんなにずるくない」

響也は負けじと口角を上げた。随分と醜態を晒した気もするが、それがなんだ。晒して悪い相手ではない。

親友夫婦に別れを告げ、日本への帰路につく。どうやらプライベートに足を取られている暇はなさそうだ。キバはもっと先を見据えている。

本音を吐露しても、妹との関係が変わることはない。それよりもキバへの対抗心のほうが強く揺さぶられた。親友といえど、追い越される気はない。

◆西東京市より　20×2年　最初の放送から一年半後

「ねえ、見てよ。この漫画」

桃菜がスマホを向けてきた。電子書籍の少女漫画だ。ひろ乃はサンドウィッチをカットしながら横目で見た。

「人気のある漫画？」

「まあね」と桃菜はつまらなそうにため息をつく。

まだ朝の七時だ。開店の八時に間に合うよう一人でパンを製造していると、裏口から桃菜が入ってきた。営業中は相手にしてもらえないため、たまにこうして始まる前に来る。

「どいつもこいつも、ひろ乃とお兄さんのネタばかりよ。しかも、どの漫画も話題性重視でレベルが低いの。この漫画もタイトルがひどい。『スペース・ラブレター。私の兄貴が火星人だった件についての百の謎』だって。もうジャンル不明よ」

「火星の話なら、SFじゃないの」

柔らかい白パンに生クリームをたっぷり注入しながら言うと、桃菜は首を振った。

「全部、恋愛もの。ベッタベタの甘々の恋愛ものよ」

桃菜は投げ遣《や》りだ。厨房の隅っこでスマホを睨みつけている。どうやらまた担当から没を食らったらしい。

自分たちのことを漫画に描かせてほしいと頼まれたのは、もう一年以上前だ。まだ兄が月曜九時の顔になる前で、桃菜の担当も乗り気だった。だがそのあと人気漫画家が続々と出版すると、火星兄妹ものは激戦区となってしまった。

「担当さんにさ、いっそのことタコとかイカみたいな火星人に響也さんが乗っ取られちゃって、ひろ乃はそのイカタコ星人と恋に落ちるって設定はどうだろうって提案したら、それは意外といいかもねって失笑されたよ。どう思う？」

兄がイカでタコか。ひろ乃は発酵したパン生地にバターを塗り岩塩を振りかけた。オーブンに入れる。

「それ、いいんじゃないの。私は面白いと思うけど」

「ひろ乃は彼氏がカッコいいからそんなこと言えるのよ。世間のほとんどの女子は、イケメンでなくちゃ妄想相手にしないの。いくら中身がお兄さんだからって、イカタコとキスできる？　オエッてなるでしょ」

桃菜は膨れている。ひろ乃は微笑した。

以前、兄に妙なことを言った。あの頃は自分なりに兄離れしようともがいていた気がする。キスくらいしても、普通の兄妹なら平気なはずだと。

なんの証明がしたかったのだろう。それともあれは、賭けだったのだろうか。

「そういえばお兄さん、先週の放送ではピエールと一緒に失敗したパン食べてたわね。ピエールって素敵よね。お茶目な感じで。知ってる？　ピエールが火星からテキスト配信してるんだけど、日本の漫画とかアニメが大好きで、めちゃくちゃ詳しいの。しかも少女漫画が好きなんだって。カッコいいし、お兄さんのパン作りも毎回手伝ってあげて、優しいよね。二人のパン作りって完成するのかな。火星を発つまであと半年なんでしょう？」

「うん……。どうかな」

ひろ乃は曖昧に笑った。

ロールパンが完成しそうだと響也が自慢げに言っていたのは、もう数か月前だ。あれから時間を見つけてはパン作りに挑戦しているが、一度もふっくらと焼き上がらない。時間も労力も材料も、かなり無駄にしている。

火星は移住可能な星になりつつある。だが地球と同じではない。調理や料理はできても、気圧や大気のせいで製造できないものも多い。パンのように穀物粉を発酵させる食品は人の手が作るのではなく、専用の施設で機械が作る。人にはできないが、機械になら作れるのだ。

そんなことも知らずに、ひろ乃は無理難題を押し付けた。あの時は単に身近で、自分の中心となることを言っただけだ。ここまで話が広がるとは思ってもみなかった。

焼き上がった火星パンを台に置き、粗熱を取る。パンもお菓子も、食べるのは一瞬だが作るのには時間がかかる。一日中、捏《こ》ねたり練ったり焼いたりの繰り返しだ。

言い出したのは自分だが、これを火星でやるのはあまりにも現実的ではない。

「もういいって、言おうかな」

「いいって、何が？」

「お兄ちゃんに、火星でパンが作れなくてもいいって言おうかな。機械で同じクオリティの製パンが可能なんだもの」

「でもそれじゃあ、ひろ乃は火星に行ったら何すんの？　パン作りできなくなるのよ」

桃菜はきょとんとしている。

ひろ乃は少し困った。みんな、ひろ乃がいつか兄と一緒に火星で暮らすと思っている。

だがそれはあり得ない。そもそも兄はあと半年で任期を終えるのだ。もし火星に移住することがあるとすれば、人が住めなくなるくらい地球環境が悪化した何十年後の話だ。

クリームパンを個包装しながら、やはりこの小さな厨房が自分の世界なのだと思う。

「私は火星に行かないよ。私みたいな一般人が行っても役に立たないもの」

「でも、だからこそ火星でパンが作れたらいいじゃん。工場のパンじゃなくて、ひろ乃が焼いたパンをみんな食べたがるよ。美味しいもん。ひろ乃だってそのつもりで、お兄さんに課題を出したんでしょう」

「確かにパンが焼けるならって言ったけど、あそこまで真に受けると思わなかったの。お兄ちゃんって昔からなんでも一生懸命なんだもの。だからこそ、優秀なんだけど」

「何言ってんの！」

いきなり桃菜が大きな声を出した。

「なんでもじゃないよ！　ひろ乃のことだから一生懸命なんだよ！　決まってるじゃん！」

桃菜は顔を赤くして怒っている。

何を怒られているのかわからず、ひろ乃はぽかんとした。そんなひろ乃に対して、桃菜はきまり悪そうに目を逸らせる。

「ひろ乃は贅沢だよ。普通は兄妹だからって、自分のことみたいに真剣にはならないよ。ひろ乃がこのお店を大事にしていて、パン作りも頑張ってるのを知ってるから、同じくらいお兄さんも頑張るんだよ。親子でも、彼氏彼女でも、なかなかそうはいかないよ。そういう相手って探して見つかるもんじゃないよ。もしも、ひろ乃がお兄さんのこと受け入れないつもりなら、早いこと断ってあげたほうがいいよ。向こうは本気なんだからさ、待たせるの可哀そうじゃん」

するとと桃菜が急に息を飲んだ。

「あ、閃《ひらめ》いたぞ。イチャラブじゃなくて、家族愛ものにしようかな。シリアスじゃなくて明るい家族もの。火星ほんわかラブストーリーみたいな。どう思う?」

桃菜は一人でペラペラ喋ると、返事も聞かずに出て行った。

ひろ乃はまたクリームパンを包装しながら考えた。響也が一生懸命なのは今に始まったことではない。兄はなんにでも懸命に取り組み、お陰でひろ乃は随分助けられた。ベーカリー・マーズの開業時にも我が事のように頭を悩ませ、設備投資やランニングコスト、商品の品ぞろえや陳列まで一緒になって考えてくれた。

しかもその時、兄は宇宙飛行士としての訓練中だった。やっていることは比較にならないというのに、兄の中でベーカリー・マーズは火星と同じ位置にあった。それほど、兄はなんでも一生懸命だ。

とても変わっている。本当に変わっている。

きっと優秀な人間の気持ちは、凡人には理解ができないのだ。だから今も火星でパン作りに励んでいるのだろう。

今夜は月曜だ。また兄からのメッセージがテレビ公開され、そしてひろ乃は短く返す。飽きられると思ったこのやり取りも、一年半続いた。兄が長距離移動で映像を送れない時には、番組内でショートドラマを作成したり、過去の映像を流したりと、視聴者離れを防いだ。その甲斐あって高視聴率をキープしたままだ。

店の後片付けを終えて自宅に帰ると、いつも先に来ている鴨村が今日はおらず、その代わり別の訪問者がいた。

「尚子さん」

「こんばんは、ひろ乃ちゃん」

尚子は半年前にNASAの通信棟で会った時より潑溂《はつらつ》としていた。

「用事があって日本に来たの。そうしたらぜひ寄ってくださいって、ひろ乃ちゃんのお母さんが誘ってくれて」

隣では母の美乃梨がニコニコしている。

「うふふ。前にアメリカで会った時、お友達になったのよ」

「いつの間に……」

呆れながら、母のコミュニケーション能力の高さに感心する。尚子は日本で暮らすキバの両親に会いに来たという。

「もうすぐ訓練が始まるから、今のうちに挨拶しておこうと思って」

「火星行きの訓練……」

少し目が覚めた。尚子は開拓者の家族として火星で暮らすのだ。移動には宇宙船で三か月かかる。一度地球から出立すれば、余程のことがあっても戻れない。そのために疑似体験も含め色んな訓練をする。

「尚子さんも宇宙服、着るんですか?」

「一般人は着ないのよ。施設外に出ることがないからね。宇宙船も、豪華なクルーズ船みたいな感じかしら。揺れもせず、安全だけど、周りの景色は宇宙ばかり。降陸エレベーターで直接キャンプに入るから、無重力を感じることもないんですって。つまらないわよね」

尚子の顔は明るく、心躍らせているようだ。聞いただけで構えてしまう自分とは大違いだ。

「尚子さんは怖くないんですか? 火星へ行くこと」

「もちろん怖いわよ」尚子はあっけらかんと言った。「でもユウキがいるから、行きたいの。結婚前、いずれ火星で暮らしてほしいって言われた時は奇妙な人生になるかもしれないって覚悟したけど、想像以上だわ」

「想像を超えすぎて、後悔したことはないんですか」

言ったあとで、ひろ乃はハッとした。これは非難だろうか。だが尚子は気を悪くしたふうではない。

「考えが甘かったなって悔やむことはあるわよ。でも結婚って他人が自分の人生の一部になるってことだもの。ユウキのいいことも悪いことも、私のことになったの」

「自分の人生の一部……」

いくら好きでも、他人の夢や希望に本気で寄り添える人がどれだけいるだろうか。尚子が羨ましいと思った。真っ直ぐに迷いなく、キバと同じ人生を歩んでいる。

「ねえ、それよりも、私も見てるわよ。ひろ乃ちゃんと響也君の恋愛トーク番組。私の周りもみんな見てるし、ユウキのご両親も夢中だって」

「あれでも一応、科学番組のカテゴリーだそうです」

「もうすぐ放送でしょう？　一緒に見ていい？」

恥ずかしすぎる。だがすでに美乃梨と尚子はご機嫌でテレビ前を陣取っている。今日の放送で響也が変なことを言いませんように。ひろ乃は願った。もうすぐ九時だ。父の謙二郎は仕事で帰りが遅れている。

「そういえば、鴨村さんが来てないわね」

「今日は来られないそうよ。珍しいわね。毎週一番乗りでテレビの前にいるのに」

恋愛トークと言われても仕方がないくらい、明るく番組が始まる。最初は開拓計画のおさらいだ。響也が火星を出るまでまだ半年もあるのに、スタジオの出演者全員が嘆いている。

「ねえ、ヒロちゃん。どうして帰りの宇宙船からは放送できないのかしらね」

美乃梨が聞いてきた。ひろ乃もよく知らない。

「すごい速さで動いてるからじゃない？」

「遠からずよ」と尚子が言う。「常に移動中の宇宙船から衛星を介して通信するのは難しいの。それにキャンプ内ならともかく、クルーが毎週テレビ中継のために席を立つのは安全面で問題だって」

「なるほどねえ。確かに響也君とヒロちゃんがラブラブしてる最中に隕石《いんせき》とかにぶつかったら、大変だものね」

美乃梨は大きく頷いている。ラブラブなんかしていない。強く否定したいが、尚子の前なので飲み込んだ。

テレビの画面が切り替わった。響也が現れて手を振っている。

『おーい、地球の妹、応答せよ』

最近、いつもこの始まりだ。恐らく地球で受けがいいことを聞いたのだろう。

『まずは残念なお知らせだ。今日は時間がないから手短に。今から輸送施設の修繕に行かなくちゃならないんだ。あさっての予定だったけど、嵐が近づいている。被害に遭う前に補強しないと地球から物資の受け取りができなくなる』

「えー、なんだ」と美乃梨はがっかりしている。尚子も残念そうだ。

『みなさん、火星には大気があるので、地球と同じように風や乱気流が発生します。時には砂塵《さじん》を巻き込んだ嵐も起こるので、精密機械は砂が入らないように設計がされています。宇宙服や車両もそうです。砂が挟まったままじゃ、酸素が漏れてしまうからね。おっと、もう行かなくちゃ。ヒロ、嵐の進行状況でどうなるかわからんが、二、三日で戻れると思う。そういえば兄ちゃんが中学の時、修学旅行から帰ったらおまえにギャン泣きされたよ。急にいなくなったからビックリしたんだな。兄ちゃんが帰るまで泣くのを我慢してるあたりが、おまえらしいよ。泣くなよ。帰ってくるんだから』

映像が切れた。

手短にと言っていた割には、兄はよく喋った。チラと見ると、尚子が目を輝かせている。

「やだわ、なんだかムズムズするわ。ひろ乃ちゃんって、お兄ちゃんっ子だったのね」

「いえ、そうじゃありません。きっと修学旅行の間に兄の顔を忘れちゃって、それで驚いて泣いたんです。兄はなんでも自分のいいように解釈する傾向が……」

「響也君がひろ乃ちゃんから離れられないわけがわかるわ。小さい頃の可愛らしさって、ずっと心に残るものね。響也君はもうひろ乃ちゃんが何しても可愛いのね。歳をとっても、喧嘩しても、多分、人のお嫁さんになっても」

「はあ」

恥ずかしくて、なんと返せばいいのかわからない。

尚子は美乃梨と一緒になってはしゃいでいる。テレビの中のスタジオも同じだ。

このあと、火星に向けて返信する。桃菜に怒られたので、火星でのパン作り中止の通信は思いとどまった。ピエールにも何度も協力してもらっているし、何より二人とも楽しんでいるようだ。水を差すことはない。

火星へ返信しようとカメラを起動する。その時、謙二郎が帰ってきた。

「ただいま。家の前で鴨村さんに会ったから、一緒に連れてきたんだけど」

謙二郎は困っているようだ。居間に入ってきた鴨村は様子がおかしい。蒼褪《あおざ》めている。

「鴨村さん、どうかなさったの？　響也君のメッセージを見逃したのがそんなにショックだったのかしら」

美乃梨が優しく聞くと、鴨村は悲愴な目をしている。

「すみません、みなさん。僕はなんと言っていいか」

「大丈夫だよ、鴨村さん」と、謙二郎も慰める。「ちゃんと録画してあるよ。今から僕と一緒に見ようよ」

「今夜の放送はご家族だけに見せるべきだと言ったんですが、それでは余計な憶測を呼ぶし、まだ何もわからないのだからと反対されました。だけどもし、万が一のことがあったら、最後の映像になってしまう……」

鴨村は顔をくしゃくしゃにして泣き出した。両親はきょとんと顔を見合わせ、尚子は少し不審がっている。

ひろ乃は嫌な予感がした。

「兄に何かあったんですか？」

声の真剣さに、全員がひろ乃を見た。鴨村は泣きながら頷く。

「キャンプを出て半日後に連絡が途絶えました。もう丸二日、消息不明です」

「なんですって？」と、尚子が強く聞き返す。「完全にロストしたってこと？　監視衛星やキャンプのソナーは機能してないの？」

「鉄分を大量に含んだ嵐のせいです。予想を遥かに超える規模で、進行方向が響也さんたちの乗った車両とまともにぶつかってしまいました。恐らく嵐の中で身動きが取れなくなり、通信不可能状態のまま引き返すこともできなくなったのだろうと」

「じゃあ、嵐が過ぎるまでどこかで雨宿りしてるんじゃないかな。響也は無理なことはしないと思うよ」

謙二郎は顔を引きつらせて言った。鴨村は首を振った。

「お父さん、響也さんが向かった施設とキャンプの間には何もないんです。火星には、まだ本当に何もないんです。今ようやく、車両が通ったであろう方向に捜索隊が出たそうです。ですがまだ嵐が収まっておらず、現地でも混乱しています。事故認定はされていませんが、ご家族には、アメリカ本部へ来ていただくよう指示が出ました」

急な展開に、家族全員が茫然とする。最もテキパキしていたのは尚子だ。

ひろ乃はずっとフワフワと浮いているようだった。遠いところで起こりすぎている。しかも、もうすでに起こったことだ。

消息不明ってなんだろう。よくわからない。さっきの放送が何日前？　今はいったい、いつなのか。

家を出る間際になってようやく我に返った。「ごめんなさい、ちょっとだけ」と、慌てて一人で戻る。居間の明かりもつけずに、火星宛ての通信機器をオンにする。暗がりに小さな画面が浮かぶ。カメラはひろ乃自身を映していた。

今まで当たり前だと思ってきた。大事にされるのも、支えてもらうのも。どんな時でも親身を越して話を聞いてくれた。そういうことをすべて、兄は惜しまなかった。

ようやくわかった。兄は特別な人なのだ。

「お兄ちゃん、ごめんね。やっぱり私、結婚はできない」

◆二年前

「お兄ちゃん」

ひろ乃に呼びかけられ、響也はハッとした。

「ああ、すまん。なんだっけ」

「商店街の利用者年齢層と、世代別の購買単価……。どうかしたの、お兄ちゃん」

ひろ乃が訝し気に眉をひそめる。

今日は何度か話の途中でぼんやりしてしまった。そのせいで妹が心配している。

「なんでもない。ちょっと時差ボケかな」

響也は笑い飛ばした。居間のテーブルには、ひろ乃が借りる予定の店舗の資料が広げられている。内装や外装のデザイン、毎月かかるだろう光熱費の予測表に、商品ごとの材料費と製造時間など、二人で相談して作ってきたものだ。

いつもならオンライン通信でのやり取りだ。今日は久しぶりに日本へ帰ってきたので、顔を突き合わせての最終確認をしている。妹は専門学校を卒業したあと、製パンの工場で二年働き開業資金を貯めた。そして近くの商店街でパン屋を開く。彼女の子供の頃からの夢だ。

響也はひろ乃がデザインしたオープニング商品の一覧を見た。店の看板商品は火星を模したメロンパンだ。

「商店街で店を開くんだ。客は同じ顔触れになるからリピートが難しい。それにスーパーで買える袋の菓子パンのほうが明らかに安いんだ。そっちでいいやと思われないためには、値段と味は当然で、更にはおまえの店に足を運ぼうって思わせる魅力が必要だ。このメロンパン。これをなんて名前にするか、重要だぞ。ベーカリー・マーズのなんとかパンって、客がすぐ思い浮かべるような、簡単だけどインパクトがあって、人にも勧めやすい……」

「お兄ちゃん」

「店の名前にちなんで、火星パンとかどうだ？　ははは、あまりに安直か」

「お兄ちゃん」と、ひろ乃が語気を強めた。さっきの心配そうな目とは打って変わって、怒っているようだ。

「何かあるんでしょう。変だもの。わかるよ」

強く睨まれ、響也は怯《ひる》んだ。無意識に態度に出ていたらしい。ひろ乃はそのまま黙って待っている。先に実家に寄ったのが失敗だった。言うまいか、それとも誤魔化すか。この問題は、共有するにはひどく重い。

もやもやする響也を叱咤《しった》するように、ひろ乃は淡々と言った。

「ねえ。今さら渋ったって遅いよ。いいことも悪いことも、一人より二人でしょう。兄妹なんだから」

説教するような妹の口調につい噴き出すと、またジロリと睨まれる。普通にしていれば可愛いのに、睨むとなかなかに怖い。

「……そうだな。兄妹だもんな」

急に気持ちが楽になった。結局ここへ来たのは、ひろ乃に会うためだ。この世に一人で放り出されたような気がして心細かったのだと知った。

「少し前に、NASAから父さんの健康状態の結果を知らされた。先天性の疾患や発症の可能性がないかを遡って調べるために、飛行士候補生の一親等には基本健診が必要なんだ。先に言うけど、父さんは健康そのものだ。なんの問題もない」

「びっくりした」と、ひろ乃は目を丸くしている。

「ただ、余計なことまで調べてくれる」

響也はそう言うと、結果の書かれた書類をひろ乃に渡した。読み進めるにつれ、ひろ乃の眉間の皺が深まっていく。

「父子関係は……ゼロ？」

「ご丁寧にＤＮＡ鑑定までしてくれた。父さんは俺の実父ではないってことさ」

「それって、どういうこと？　わけがわからない」

当惑するひろ乃から鑑定書類を受け取る。

何度見ても結果は明白だ。

「血縁関係は母方の三親等に値する。今の技術ならここまで判明するんだ。つまり父さんは俺のおじにあたる人だ。母親の、兄か弟ってこと」

「でも……やっぱりわからない。お兄ちゃんのお母さんは、お兄ちゃんが小さい時に出て行ってそれっきりなんでしょう？　お父さんがお兄ちゃんのおじだっていうなら……やっぱり意味がわからない」

「考えても答えは出ないから、知っている人に確かめる。そのつもりで日本に帰ってきたんだ」

「誰？」

「本人以外では、父さんの両親に聞くのが一番早い。田舎のじいちゃんとばあちゃんに明日の朝イチで会いに行ってくるよ。このことは父さんには内緒……」

ひろ乃はすでにテーブルの上を片付け始めている。

「何してるんだ？」

「今から行こう」

「今からって……まさか、おまえも行くの？」

ぽかんとする響也を放って、ひろ乃は用意をしている。

「当たり前でしょう。一人より二人でしょう」

「いや、でも、父さんと母さんにはなんて言うんだよ」

「久しぶりにおじいちゃんちに行くって言えばいいじゃない。昔は二人だけで遊びに行ったでしょう」

それはまだ子供だったからだ、とあらためて指摘するのは憚《はばか》られる。ひろ乃が小学生だった頃は、夏休みや冬休みに二人きりで泊まりに行った。

「ほら、お兄ちゃんも用意してよ。お父さんとお母さんは出かけてるし、余計なこと聞かれる前に行こう。今から出れば夜までには着くから」

ひろ乃はもう小さく荷物をまとめて待っている。妹は時に大胆で行動的だ。

少し陽《ひ》が陰り出した。

二人は都内を出て、ローカル線に揺られていた。車窓の景色が牧歌的になっていく。

「いつの間にか、風景が随分変わってるね。昔は田んぼとか畑ばかりだったのに」

ひろ乃は窓に鼻先をつけるようにして外を眺めている。

「緑が減ったなあ……」

妹の横顔は少し寂しそうだ。環境悪化の影響もあって、農業や酪農は減る一方だ。父方の祖父母は代々続く農家だが、謙二郎には家業を継がせなかった。これが地球の現状だ。

もし農畜産業の衰退がもう少し遅ければ、父は実家を継いで、ひろ乃の母親と再婚することもなかっただろう。そうなれば響也が火星に興味を持つこともなく、今とはまったく違う人生を歩んでいた。自分が生まれる随分前から、知らないところで道は決まっている。地球と火星の奇妙な因果関係を感じた。

「もしかしたら、キバと同じ訓練チームになるかもしれない」

響也はつっけんどんに言って、哀愁を断ち切った。

「ほんとに？　それってすごいじゃない」

「違う方向からのアプローチで最終到達点が同じなわけだから、確かにすごいかもな。だが同じ方向なら条件が似てる俺らはライバルになったから、やっぱりあいつは癪な奴だ」

「何ごちゃごちゃ言ってるの。素直に嬉しいって言えばいいじゃない。友達同士で火星に行けるなんて、運命みたいなものよ。心強いし、楽しいよ」

「まあな」

響也ははにかんだ。ＮＡＳＡの火星開拓プロジェクトで新たにチームメンバー募集がされた時、響也はすぐに名乗りを上げた。エンジン開発の若手技師で、火星移住の研究員としても活動する響也は日本人初の開拓員有力候補となり、注目されている。キバが同じタイミングで参入したのは示し合わせたことではない。二人の旬が、重なっただけだ。

響也とひろ乃は田舎の寂れた駅で降りた。そこからバスに乗り、山間を揺られる。まだ山と田畑が残る平和な風景が続く。

「ホッとするねえ」

「そうだなあ」

連絡していたので、バスを降りると祖母の奏子《かなこ》が待っていてくれた。ひろ乃を見て、嬉しそうに顔をほころばせる。

「まあ、ヒロちゃん。綺麗になって。よく来てくれたわね」

「おばあちゃん」

「響也君も立派になったねえ。宇宙に行くんだってね。もうおばあちゃん、嬉しくって仕方がないよ。こんな偉い人がうちの家族にいるなんて、信じられないねえ」

「まだ訓練中だからわからないよ」

あと一年ほどで火星行きのメンバーが決まる。世界中から優秀な人材が集まっているのだ。選ばれるとは限らない。

「響也君ならきっと大丈夫だよ。たいしたもんだよ。嬉しいねえ」

家に着くまでの緩い坂道、奏子はずっと幸せそうだった。父の生家は古いが広大で、周りにはいくつも田畑を持っている。今はほとんどを人に貸していた。

田舎らしい大きな仏間には、すでに盛大な料理が用意されていた。たいしたものはいらないからと言っても、いつも歓迎してくれる。

「ほれ、この野菜は全部裏の畑で獲《と》ってきたばかりだ。うまいぞ。食え、食え」

祖父の謙介《けんすけ》があれやこれやと勧めてくる。響也とひろ乃は必死になって食べた。謙介も奏子もニコニコしている。

最後のスイカを食べていると、奏子は笑いながら言った。

「あれだね、二人して挨拶に来たってことは、やっぱりそうなんだよね」

「そりゃ、そうだよ」と、謙介もニマニマしている。「結婚の報告だよな？」

響也は盛大にスイカを噴き出した。隣でひろ乃がギョッとする。

「やだ！　お兄ちゃん、汚い！」

「じいちゃん、何言ってんだよ」響也は慌てて口を拭った。「そんなわけないだろう。全然違うよ。聞きたいことがあって来たんだ」

「あら、なんだ。そうなんだ」

奏子は急につまらなそうになった。謙介は苦笑いしている。

「ははは、こりゃあ早とちりしちまったようだな。そうか、違ったか」

祖父母が完全に誤解していたと知り、響也は半分呆れて、半分焦った。だからもう子供じゃないんだとひろ乃を睨むが、妹は平然としている。やきもきしているのはこっちだけだ。

「まったく、妙なこと言わないでくれよな。じいちゃんも、ばあちゃんも」

「すまん、すまん。おまえらは子供の頃から仲良しだったから、そういうこともあるかもなって、ばあちゃんとたまに話してたんだ。そっか、そっか。違うんか。じゃあ聞きたいことってなんだ？」

ようやく本題に入り、響也は身構えた。訓練過程で身内の鑑定が必要だったこと、謙二郎が自分のおじにあたる血統であることを伝えると、祖父母は顔を見合わせた。だが緊迫した感じはない。

「あら、響也君は知らなかったかしら。言ってなかったのね」

奏子はそう言うと仏壇から写真立てを持ってきた。若い女性が笑顔で写っている。

「これが、謙二郎の姉の音葉《おとは》。響也君の本当のお母さんよ」

ああ、と響也は小さく息を飲んだ。父の姉が若くして亡くなったと子供の頃に聞かされ、この写真も何度か目にしたことがあった。

奏子は懐かしそうに写真を眺めている。

「音葉は色々あって、結婚しないままあんたを産んだの。でも出産の時に出血がひどくて、分娩室で亡くなったわ。それで謙二郎があんたを自分の息子にすることにしたのよ」

響也の中で、色んなことがはっきりした。母親だと思っていた人が影すら見せない理由がわかった。優しく温和な父が最初の結婚に失敗したわけも、わかった。

自分のせいだ。生まれたばかりの姉の子供を引き取ったせいで、父は最初の妻とうまくいかなくなったのだ。そこにはきっと様々な葛藤があっただろう。今さらだが、たくさんの人の手を借りて大きくなったのだと身に染みる。

響也は祖母から写真立てを受け取った。涼やかな目をした女性だ。気付かないうちに、自分の母親をちゃんと見ていたのだ。

ひろ乃がうしろから肩に顎を乗せてきた。

「お兄ちゃんにちょっと似てるね」

「そうか？」

「うん、似てるよ。目なんかそっくり」

そうか、俺ってこんな目か。写真の女性を眺めながら、少し照れくさくなった。そのあとしばらく祖父の酒に付き合ってダラダラと過ごした。大きな和室に敷かれた布団は二組で、文句を言いたいが飲み込んだ。意識していると勘違いされては困る。兄妹なのだから並んで寝るのは普通だ。多分、きっとそうだ。

電気を消し、薄闇の中で天井を見上げる。虫の鳴き声が聞こえてくる。同じように寝ているひろ乃が小声で言った。

「お兄ちゃん」

「何？」

「今日のこと、お父さんに言うの？」

「いいや。言わない。事情がわかってすっきりしたし」

「ほんとに？」ひろ乃の声は平淡だ。「でも、お父さんが本当のお父さんじゃないってわかった時、何か思ったでしょう。私の話聞いてないくらい、思いつめてた。それも全部すっきりした？　何も残ってない？」

「痛いとこ突くなあ」

響也は仰向けになったまま笑った。父が実父ではないとわかった時、確かに響也はすぐに思った。

よかった、と。

「やっぱり、って思ったな」

「やっぱり？」

「ほら、父さんってめちゃくちゃいい人だろう。お人好しで、損な役回りも笑って引き受ける。なんであんないい人が俺の親父なんだろうって、前から不思議だったんだ。だから実の父親じゃないってわかった時、やっぱりなって思った。だから俺とは違うんだって」

「お兄ちゃん」

「誤解すんなよ。自分のことも、父さんのことも、これでいいと思ってる。でも今まで血縁に甘んじて、父さんのいい人ぶりを当たり前だと思ってた。これからはもっと感謝しようと思う」

嘘ではない。本当にそう感じた。だがそれより強く、よかったと思った。

自分でよかった。ヒロじゃなくてよかった。

ひろ乃がもし母親を失ったらと思うと、胸がはちきれそうだった。血の繋がりがすべてではない。むしろ希薄なものだ。それでも妹がポツンと孤独を感じるなんて、絶対に嫌だ。

「お兄ちゃんも割といい人よ」

珍しく妹が慰めてくれたので、響也は笑った。

家族の形は様々だ。よそから見ていびつでも、内側がしっかりしていれば、それも家族だ。父を尊敬する。父を幸せにしてくれた母娘に感謝する。妹を可愛がってくれる祖父母に長生きしてほしい。妹を愛している。

妹を愛している。

そう気付くと、ふと心が軽くなった。

虫の鳴き声に交じって、微かな寝息が聞こえる。隣に家族が寝ている。一人放り出されたような気がしたのは束の間だった。ひろ乃がいれば、響也に孤独はない。

地球でも月でも。たとえそれが火星でも。


適性と実務の訓練はそれから一年近く続いた。今はＮＡＳＡの施設に軟禁状態だ。家族や友人と連絡することは禁止されている。

一旦宇宙船に乗り込めば部外者と通信できず、会えない日々は年単位だ。この数か月で自分のメンタルを測り知ることが必要だ。寂しさに蝕《むしば》まれるなら、宇宙飛行士にならないほうが身のためだ。

訓練の一環として、実際の宇宙船とほぼ同じ構造の建物で過ごした。一人だ。衣食住に不便はなく、個人の研究資材もふんだんに与えられている。ジムで運動し、トラブルがあれば対応する。フィジカルもメンタルも、自己管理だ。

そしてそのあとは、火星のキャンプを模した建物に軟禁された。広大なドームを火星に見立て、本格的な屋外活動を行う。あまりに再現性が高いので本当に火星にいるようだ。車がエンジン不良を起こし、予想外の磁気嵐で地球からの物資供給が遅れた。それらにもすべて一人で対応する。

この訓練で多くの候補生が脱落していった。どちらも日数は決められていなかったので、我慢という感覚が生まれたらもう駄目だ。音のない世界で黙々と作業していると、時間や空間が曖昧になり、突然恐怖に襲われる。どんなに優れた技術や頭脳を持っていても、心は鍛えられない。

去っていく者を見送りながら、響也はまだアメリカで暮らしている。訓練の合間にNASAの食堂で昼食を取っていると、一人の女性がランチトレーを持って座った。ミッションの統括責任者のジュリアンだ。

「ああ、疲れた。ようやくひと息つけるわ。響也、あなたも遅いランチね。次の予定は？」

「酸素変換機の実習です」

「そう。詰め込まれて大変ね」

ジュリアンは食べながら電子パッドで資料を読んでいる。六十歳を過ぎているが、いつも元気で、親しみやすい女性だ。宇宙飛行士として火星に行った経験もある。

「ちょうどいいわ。あなたに聞きたいことがあるの」

「なんですか」

「ユウキは任期後、火星残留を希望するそうよ。私はてっきり、あなたもそうすると思っていたの」

「火星に残れるのは一部ですよ」

「あなたなら資質は充分だと思うけど」

ジュリアンが上目を遣う。響也は穏やかに笑った。

「僕が必要であれば残りますよ。でも僕は火星を人が暮らせる地に開拓したいのであって、あそこで暮らしたいわけじゃない。入植は、その地に根を下ろせる者がするべきです」

「あなたの根っこは火星では育たないの？」

「地球の引力が強すぎてそっちに向くんですよ」

「あら、意外だわね」と、ジュリアンの目が面白がる。「地球に未練があるなら、地球を救うために身を捧げるべきかも」

「そんな被害者然とした考え方、僕にはありませんね。大事な人がいるから戻るんです。単純なんですよ」

「やっぱり意外ね。あなたを引き戻すのは恋人かしら」

「妹です」

するとジュリアンは首を傾げた。想像していたロマンスではなかったらしい。こんな反応も慣れた。ひろ乃の話をすれば誰もが恋人を連想する。

ジュリアンは興味深そうに小さく頷いた。

「身内への強い愛情は問題視されがちなのを知ってる？　いざという時、個人的な判断をする可能性があるから」

「ジュリアン、もしこれがテストなら今のは贔屓《ひいき》ですよ」

「ただの雑談よ」

「ほんとかなあ」

「あなたが火星にいる間、地球で妹さんが危険な目に遭ったらどうするの？」

ジュリアンはまるで挑発しているようだ。目も笑っている。響也も笑い返した。

「今だって、遭っているかもしれませんね」

「平気なの?」

「騒いだところでどうしようもない。スーパーマンのように駆けつけても、次の日にはまた別の危険が迫っているかもしれません。妹を守れるのは妹自身だけです」

「そう」と、ジュリアンは穏やかだ。「しっかりした妹さんなのね」

「口うるさく育てましたので」

「まるで父親ね」

今度は響也が肩を竦めた。

ひろ乃の話をすると、時に娘と勘違いをされる。妹は不思議だ。肩書や立場を変えて、いつも響也の周りに存在している。

ジュリアンはランチトレーを持って立ち上がった。いつの間にか向こうのほうが先に食べ終わっていた。

「話せてよかったわ。さあ、夜までびっしり予定が入ってるのよ。うんざりするわ」

だったらこんなところで候補生相手に雑談に興じる暇なんてないだろう。響也は呆れて笑うしかなかった。

「お疲れ様です」

「じゃあね。ああ、そうだ。あなたの妹さん、これからが大変ね」

ジュリアンの本気の口調に、響也は不意にギョッとした。

「えっ、何が」

「だってあなたよりも大事にしてくれる男性を探さなきゃいけないのよ。なかなかいないでしょう」

一人になったあとも、響也は食堂でぼんやりとしていた。衝撃のあまり思考が停止している。キバに話しかけられて、ようやく実習が始まっていると気が付いた。

「どうした。優等生の瀬川響也が、珍しくサボりか？」

嫌味っぽく笑っていたキバだが、響也を見ると顔付きを変えた。

「何かまずいことか」

「俺よりいい男が今の地球にいるか？」

「おいおい、おまえまでいかれたのかよ」キバは深々とため息をついた。「いいか。訓練から離れて少し休め。大丈夫だ。すぐに元の太々《ふてぶて》しいおまえに戻る。ジュリアンには俺から言ってやるよ」

「ジュリアンとは話した。最後の面接に受かったよ」

「何？」

「なあ、世の中に俺よりもヒロを大事にする男なんて、存在するか？」

「待て、待て、待て」と、キバが慌てて遮った。「最後の面接ってなんだよ。そんなの、いつあったんだよ」

「さっき」

「さっき？　はあ？　なんだそりゃ！」

キバが素《す》っ頓狂《とんきょう》な声を上げる。ジュリアンは妹を大事にしてくれる男を探さなくてはならないと言った。響也の代わりが必要なのだ。

そんな奴、いるはずがない。

「なあ、キバ。俺以上の男なんているはずないよな。俺の代わりなんて」

「いねえよ！　おまえが一番だよ！　ちくしょう、性格悪いな。知ってるけどな！」

キバはそう言うとジュリアンを探しに行ってしまった。キバの言う通りだ。響也も、自分が一番だと思っている。他の誰にも負けるはずがない。

ヒロには、俺なのか。

その思いは天啓のように降ってきた。

「参ったな」

誰もいなくなった食堂で呟いた。参った。このタイミングか。火星へ出発するまであと半年しかない。今から妹を口説き落とすのか？　俺にしろと、あの天然で生意気な小娘に膝をついて頼むのか？

　それにひろ乃が恋人になるのかと思うと、しっくりこない。ひろ乃の話をすれば誰もが恋人を連想するのに、過去に付き合った誰とも当てはまらない。イメージが全然湧かないのだ。

「どうすりゃいいんだ」

　響也が考え込んでいると、軽快な笑い声と共にキバが食堂に戻ってきた。

「ははははっ！　やっぱりな。俺を差し置いて瀬川だけ決まりとかあり得ないだろう。おい、めでたい奴め。ジュリアンたち上層部が今、メンバー選抜の最終会議中だ。決定したらすぐにプレスリリースされるぜ」

「そうか」と、響也は話半分に聞いていた。

「メンバーの見当はつく。俺らのグループでは、まず俺だろう。あとはおまえと、ニコライだな。発表されたら忙しくなるぞ。リリース前には訓練から解放されるから、速攻で家に帰って尚子に報告だ。今までの埋め合わせと、これからの根回しをせんとな」

「そうか。尚子さんを火星に呼び寄せるんだったな」響也は微笑んだ。「しっかり摑んどけよ」

「よく言うぜ。おまえはまたヒロちゃんに彼氏ができないように、せいぜい遠くの星から見張っとけ」

「いや」

「何？」

「もう見張らない。星が遠すぎる」

「フン、さすが身内は余裕だねえ。こっちは嫁さんに捨てられないように必死だぜ。おまえは記者会見の予行練習でもしとけよ。好きな食べ物はとか、尊敬する人はとか、しょうもない質問でも笑いが取れそうな答えを用意しとけよ」

キバは偉そうに高笑いをしている。メンバー発表はまだだが、確信していた。響也もわかっていた。キバはこの先、誰にとっても必要な存在になる。自分にとってもそうだ。たまに調子に乗りすぎるが、ブレーンは女房の尻に敷かれているくらいがちょうどいい。

そしてまた、彼はいい知恵をくれた。

「嫁さんか」

「何？」

「いや。尊敬する人な。考えとくわ」

二十年ほど前、見上げた夜空に光っていた赤い星。その地に降り立つ夢が具現化していく。

そのきっかけをくれた小さな女の子は成長して、特別な女性になった。

◆アメリカ　NASA通信センター

ＮＡＳＡの通信室は騒然としていた。バタバタと人が走り、大きな声が飛び交っている。明らかに誰もが慌てているのを見て、ひろ乃はあらためて事態の重さを知った。一緒に来た両親は動揺している。

「どうしよう、謙二郎さん。私、震えてきちゃった」

「うん、僕もさっきから足がガクガクしてる。ひろ乃ちゃんはすごいね。前にも来たことあるから、冷静だね」

謙二郎は頬を激しく引きつらせていた。ひろ乃も冷静ではなかった。震えてはいないが、震えるほど怖い。声も顔も強張っている。気を抜けば倒れてしまいそうだ。

だが、今は自分が怯えている場合ではない。本当に過酷な状況にいるのは響也だ。足を踏ん張り、前を向く。その時、ひろ乃はいきなり女性から激しく抱擁された。

「あなたがひろ乃ね。会いたかったわ」

そう言って強く抱きしめてくる。中高年の白人女性だ。頰にキスまでしてきた。

「なんて可愛いのかしら。響也が地球に戻りたがるはずだわ」

「あの、ちょっと」

ひろ乃は女性の腕からもがき出た。女性は明るく笑っている。

「あら、ごめんなさいね。つい感動しちゃって」

「ひろ乃さん、お父さん、お母さん。こちらは今回のミッションの統括責任者、ジュリアンです」

鴨村が女性を紹介する。以前、通信を許可してくれた人だ。ひろ乃がその時のお礼を言うと、ジュリアンは明るく笑った。

「私はあなたの大ファンなのよ。あなたが響也に送る味気ないメッセージを、毎回楽しみにしてるの。ああ、誤解しないでね。立場上、どうしてもチーム宛ての通信はチェックしなくちゃならないの。こんな状況でもね。正直色々と聞きたいけれど、今は忘れるわ」

ジュリアンが何を言いたいのか、美乃梨や謙二郎は不思議がっている。ひろ乃には意味がわかった。兄宛ての通信が多くの人に見られるのは承知している。だが自宅を出る直前に送ったメッセージのことを忘れていた。

「ジュリアン、響也さんが乗った装甲車はまだロストしたままですか?」

鴨村が聞くと、ジュリアンは頷いた。通信室のモニターの一画が、火星の平面図に変わる。航空写真にCGを組み合わせた地図だ。

キャンプは半球型の建物で、周囲に何もない盆地に建てられている。そのキャンプからほぼ真っ直ぐ北上すると輸送施設がある。

「キャンプから輸送施設までは、通常なら車で片道約一日の距離よ。平坦に見えるけど実際は悪路が多くて、迂回しながらの走行になるわ。通信が途絶えてから、現地時間で六十時間が経過したわ」

「そんなに」と、美乃梨は泣きそうになっている。謙二郎も蒼褪めている。

「ジュリアン。捜索隊が出たと聞きましたが、どうなりましたか」

鴨村の問いに、ジュリアンは苦々しく首を振った。

「残念ながらまた天候が悪化したの。二次災害を起こすわけにいかないから、今、捜索隊を引き戻しているわ。でも大丈夫よ」

ジュリアンは力強く言った。

「車には有事の際に対応できるように、太陽光パネルや酸素交換機が搭載されているの。水と食料も三日分積んでいる。彼らは訓練を受けたプロよ。救出が遅れることを見越して生命維持を最優先に行動するわ」

「たった三日？　どうしてもっとたくさん積んでいないの」と、美乃梨が悲痛に言う。ジュリアンは頷いた。

「施設外で必要な一日分のサプライは、かなりの量になるの。積めばその分、燃料を消費してしまう。余剰分はミッションの度合によって決まっていて、悪天候も含めて想定内の量なのよ」

状況を聞くと、安心できる材料は少ない。だがジュリアンは堂々としている。この不穏な状況で、笑ったり、ひろ乃に抱き着いたりする余裕を作っている。

モニターの一部が切り替わった。画面は暗いが、音がする。職員の一人がジュリアンを呼んだ。

「ジュリアン、キャンプから通信が入ります」

小さな雑音がして、スピーカーから声が聞こえてきた。キバの声だ。

『駄目だった。瀬川たちが足止めを食らっているだろう範囲は捜索したが、嵐で視界が悪すぎて見つけられない。ソナーも使えない。そっちの衛星でなんとかならないのか』

キバの声はしゃがれ、苛立っていた。音も聞きづらい。

『もし車が走行可能なら、嵐が明けたあとに自力で引き返すか、輸送施設へ向かうだろう。だがこっちの予報ではまだ嵐は続く。あいつらはどこにもたどり着けずに、砂に埋もれちまう。早く救出してやらないと。ジュリアン、もう一度捜索の許可をくれ。瀬川のことだから危険は冒さない。嵐の速度を予想して引き返しているはずだ。キャンプの付近だけでもいいから、もう一度探させてくれ』

キバの声は切実で、最後は懇願しているようだった。

通信室は静まった。大勢がいるのに、誰も何も言わない。しばらくして、ジュリアンは厳しい口調で言った。

「駄目よ、ユウキ。今はキャンプ付近が最も天候がひどいわ。出た途端に立ち往生よ。響也たちは無駄に動かずに、嵐が過ぎ去るのを待っているはずよ。まだ時間はあるわ。待つのよ」

『だがジュリアン、積乱雲はあいつらがいる直線上にたっぷりあと一日は停滞する。そのあとで見つけても、もう時間切れだ』

「いいえ、ユウキ。彼らは早い段階でこれが長期戦になると判断するわ。そして救済されるまで持ちこたえる。彼らは冷静で優秀なのよ」

『砂鉄を浴び続けた車体に亀裂が入るほうが先かもしれない。そうなれば、一瞬で全員が死ぬんだぞ』

「ユウキ、落ち着いて。今ここに響也のご両親と妹さんが来ているのよ」

ジュリアンが穏やかに言うと、キバが息を飲んだ。向こうから、悔いる声が聞こえてくる。

『ヒロちゃん、お父さん、お母さん……。申し訳ありません』

「キバ君。君が謝ることはないよ」

謙二郎は泣きそうになりながらも優しく言った。

『いいえ。本当は、今回の任務は俺が行くはずだったんです。でも体調が悪くて、瀬川に代わってもらったんです。だからこれは俺のせいなんです。あいつにもしものことがあったら、俺はどう詫《わ》びればいいのか……』

「詫びる必要なんかないよ、キバ君。響也は昔から、自分で考えて、自分で決める子だ。だからそれを人のせいだなんて決して思わないよ。それに君には同じくらい、たくさん助けてもらってる。僕らは地球でただ見ているしかない。でも君は現地で響也を助けるために力を尽くしてくれているんだ。ありがとう。すごく感謝しているよ」

向こうからの声は聞こえない。だが、息遣いが泣いている。

誰も助けにいけない。ひたすら待つしかない状況で、ひろ乃はこれが現実ではないような感覚に囚《とら》われていた。

正面のモニターには衛星から撮った赤い地面が映っている。前に見た時は小さかったがキャンプがはっきり確認できた。今はすべてが赤い靄《もや》で覆われ、山や峡谷がそれらしく隆起しているだけだ。

空気すらないところで、何十時間も車内に閉じ込められるなんて想像もできない。手足は伸ばせるのだろうか。おなかは空いていないだろうか。寒くないのだろうか。一緒に乗っている人と喧嘩してないだろうか。希望は捨てていないだろうか。私がここで火星を見ていることを兄は知らない。せめて伝えたい。見ていると。

「ヒロちゃん」

美乃梨が肩を抱いてきた。ひろ乃は力なく、母の肩に頭を乗せた。その時初めて自分が泣いているのだと気付いた。

はらはらと涙が零れる。こんな大変な時、泣いている場合ではない。だが涙は止めどなく流れる。目の奥が痛い。鼻腔《びこう》の奥が熱い。兄は私を悲しませない。だからどんなに大変だとしても、必ず私の元に帰ってくる。

「帰ってくる……」

「え？　何、ヒロちゃん」

「帰ってくるためにどうすればいいかを一番に考えるなら、みなさんならどうしますか？」

ひろ乃は涙を拭うと、ジュリアンや鴨村、そこにいる職員に問いかけた。

「キャンプを出る前から嵐が近づいているのはわかっていたんですよね。その嵐が予想より早くて、強力だった。早い段階で危険を察知したなら、目的地に行くことは考えなかったはず。兄は慎重な人です。そして、大胆な人です。先を読んだ行動をします」

響也が考えてくれたベーカリー・マーズの経営計画のお陰で、ひろ乃の店の収益は順調だ。商店街のお客は大抵、日常の食材を買いに来る。当然、高い商品は売れ行きが悪い。だがアンパンやクリームパンの値段をギリギリまでスーパーで買える袋の菓子パンに近付けたことで、寄り道をしてくれる。そして、ほとんどのお客が宇宙にちなんだパンをひとつは買っていく。宇宙系のパンはどれも利益率がよい。

これらはすべて、兄の計算通りだ。

兄は聞けば引くほどの高学歴で、超がつく一流企業に勤め、日本人初の火星宇宙飛行士だ。その兄が、アンパンやクリームパンの値段を調べてくれた。粒あんにするかこしあんにするかで悩んでくれた。陳列棚の照明、表の看板の色、全部一緒に考えてくれた。

彼はそういう人だ。大事なことに、全力を尽くす。

「それに兄は、意外と庶民的です。他の宇宙飛行士の人とは違うことを思い付くかもしれません」

「違うことを思い付く」

ジュリアンが呟いた。スピーカーからもキバが同じ言葉を呟く。

『違うことを思い付く。だとすれば俺たちが思い付いたのは、行く、戻る、待機する。それ以外で考えられるのは？　宇宙飛行士以外で、誰かなんでもいいから考えてくれ』

ジュリアンが周りを見た。職員や鴨村、謙二郎や美乃梨まで口々に答える。

「潜る！」

「お、泳ぐ？」

「飛ぶ、は無理かな」

「踊る。歌う」

「走る蹴る、投げる撃つ、戦う逃げる、食う寝る」

「それだわ！」とジュリアンが大きな声を出した。「逃げたのよ。嵐は走行コースの真横にぶつかってきたわ。だから前後に進まず、嵐を背にして逃げたのよ。そうすれば砂塵の影響を最小限に、追い風で燃料も無駄にならない。車体も安全だわ。私たちはまったく違う場所を探しているんだわ。嵐を避けて、生存可能時間内でたどり着ける場所は？」

そこからは大騒ぎになった。職員が走り回り、大声が飛び交う。

「ジュリアン、嵐はキャンプから東南に向けて拡大しています。その方向に内部建設中の海洋コロニーがあります」

「捜索している場所とは真逆ね。そこは有人施設なの？　生活物資がないところへは向かわないわよ」

「有機物生産のために数名常駐しています。人が暮らせる施設です。谷を大きく迂回するので、通常ならキャンプから七十時間で到着できます」

「本当にそこへ向かっているなら、まだ走行中だわ。衛星の監視位置を変えるのよ」

また大騒ぎになり、ひろ乃と両親はただ待つことしかできなかった。鴨村がこっそりと言う。

「さっきの逃げるって、僕が言ったんですよ。もし響也さんたちが見つかったら、僕の手柄ですよね」

「いたぞ！」

大きな声がして、全員が正面の大型モニターを見た。赤い地面と岩場の間で何かが動いている。画像はどんどん拡大され、それが移動中の装甲車だとわかると、大歓声が起こった。

ジュリアンは声を張り上げた。

「海洋コロニーに連絡して、すぐに救助隊を送らせて。車と通信は繋がらないの？」

「車両単体とは無理です。キャンプを経由しないと」

「キャンプが嵐から抜けないと無理か」それでも、ジュリアンは明らかにホッとしていた。

「車が走っている一帯は視界がクリアだから、もうロストする心配はないわ。救助隊に直接、衛星画像を繋いで。早く彼らを迎えに行ってあげてちょうだい」

慌ただしさは変わらないが、先ほどの緊迫した感じはなく、誰もが安堵《あんど》していた。謙二郎は床にへたり込んで泣いている。美乃梨はその背中を抱きしめていた。

ひろ乃はまだぼんやりしていた。まだ夢の中にいるようだ。

ずっとだ。兄が地球を発ってから、この感覚はずっと続いている。寂しいとか不安とか、そんなのじゃない。逆にすぐそばに兄がいるような、そんな感じだ。

「ひろ乃」

ジュリアンが話しかけてきた。今度は柔らかく抱きしめられた。

「ありがとう。あなたのお陰で彼らを無事に見つけることができたわ」

「いいえ。私は何もしていません。兄を見つけてくれたのはみなさんです」

「彼は生きようとする力が強い。宇宙飛行士にとって最も必要な資質だわ。生きることを一番に考えて、それが誰かのためなら、人の力って際限がないのよ」

「あの、ジュリアン」と、鴨村がコソコソと割り込んできた。「逃げるって言ったの、僕です」

「それでね、ひろ乃。響也たちの無事はもうすぐ確認できるだろうから、それはよかったんだけど」

ジュリアンは鴨村がどんなにアピールしても無視だ。言いにくそうにしていたが、やがて意を決したように目を見開いた。

「もう無理だわ！　仕事に集中できないから教えて。どうして響也のプロポーズを断ったの？　あなたたち、愛し合っているんじゃなかったの？」

ジュリアンの声は騒がしい通信室でも明瞭だった。しんと静まったあと、ザワザワと不穏な雰囲気になる。

ひろ乃は呆れた。なぜ、私にはプライバシーがないのだろうか。宇宙飛行士の妹ってそういうものだろうか。

「やだ。ヒロちゃんってば、響也君のこと振っちゃったの？」

美乃梨が意外そうに聞いてきた。

「振ったなんて大げさよ。ただ結婚できないって言っただけ」

「えー、なんで、なんで？」

謙二郎も聞いてくる。ジュリアンも鴨村も、ＮＡＳＡの職員たちも注目してくる。ひろ乃はひどく居心地悪かった。

「なんでって言われても、だって……」

「あ、わかった」と、美乃梨が言った。「ヒロちゃん、まだ若いもんね。結婚とか早いのよ」

「ああ、そうか。なるほどね」と、謙二郎も頷く。「ひろ乃ちゃんが若いから、逆に響也は焦ったんだな。付き合ってるとはいえ、長いこと離れ離れになるから不安だったんだよ」

「私たち、付き合ってないよ」

謙二郎がサラリと言うので、ひろ乃は慌てた。だが両親は顔を見合わせてニヤニヤしている。

「いやあ、実は二人が隠れて付き合ってることは、気が付いていたんだよね。ねえ、美乃梨さん」

「そうよ、うふふ。だって二人で旅行とかしてたじゃない。おじいちゃんちに行くなんて嘘ついちゃって。ふふふ、とっくにバレてるんだから」

「待って。嘘じゃない。ほんとに二人でおじいちゃんちに行ったのよ」

「あら、そう？　でも二人よね。二人きりで行ったんでしょう？」

「それは、そうだけど」

「二人で旅行ってねえ。ねえ、謙二郎さん。二人でって、ねえ」

「ねえ、美乃梨さん」

両親はニヤニヤしている。ひろ乃は唖然とした。この二人の能天気さは想像を超えている。最初から楽しんでいたのだと思うと呆れてしまう。

両親は嬉しそうだが、ジュリアンは不満げだった。

「じゃあ、響也とは別れるわけじゃないのね」

別れるとか、そういうのでもない。だがもう面倒くさくなり、否定もしなかった。誰もが二人を恋人同士と決めつけている。幼少期から振り返り、少なくとも人前で誤解されるような行動を取ったことはない。

多分、ないと思う。

「……そもそも兄は、私のことを好きじゃありませんから」

拗ねたような自分の口調にハッとした。周囲が不思議そうにこっちを見ている。頬が熱くなるのを感じた。

「あ、いえ……。好きじゃない、というのは違います。兄は兄として、私をとても愛してくれています。でもそれは身内としての愛情で、いわゆる男女の愛情とは違うんです。なんていうか……」

周りの誰もが不思議そうにしている。謙二郎も美乃梨も首を傾げている。わからないのだ。他の人には理解しがたい感情だと、ひろ乃自身も思う。

「兄は私をとても可愛がっています。兄は昔から、私が寂しいとか、報われないだとか、そういうのがすごく嫌なんです。過保護なんです、すごく。だからあんなことを言ってくれたんです。私が兄を好きなので、応えてくれようとしたんです。兄は……優しいので」

泣きそうになる。どうやら泣き癖がついてしまったらしい。ひろ乃は目を閉じて涙を堪えた。

兄は幼い頃の残像をいつまでも擁護してくれる。だから私の思いに応えてくれる。でも、もうそういうのはいらない。もう、解放してあげなくてはいけない。兄は兄で、誰かを好きになるべきだ。

心配そうな視線の中、ひろ乃ははっきりと言った。

「私、お兄ちゃんとは結婚しません」

◆火星にて

宇宙船から降陸エレベーターでキャンプに入って、二日後。響也はようやく、火星の地を自らの足で踏んだ。

分厚いスーツを通して、砂と石を足裏に感じる。赤味を帯びた乾燥した土地。遠くに霞《かす》む岩山。白く靄のかかった空。

これが火星だ。何もない星。

響也は灰色の空を見上げた。地球があるほうに向かって、大きく両腕を振る。

「おーい、ヒロ！　兄ちゃん、来たぞ！」

ヘルメットの中で自分の声がビリビリと響くのも構わず、何度も妹に呼びかける。

「おーい！　おーい！」

「そこのアホ。マイクを切れ」

イヤホンにキバの声が入った。振り返ると、同じくスーツを着たキバがやってくる。火星の重力は地球よりも軽い。動きが遅いのはスーツの厚みのせいだ。この宇宙服を地球と同じ重力下で着れば、すぐに疲労してしまう。背中や腰に装着した機器は重く、だがそれらがなくては生命維持ができない。火星で屋外へ出られるのは、資格のある者だけだ。響也とキバは今回のミッションの開拓員として、その資格を得ていた。

「キバ。おまえも地球に向かって手を振れよ」

「子供かよ。マイクオンしたまま大声出しやがって。何が、兄ちゃん来たぞ、だよ。おまえはほんとに、どこ行ってもヒロちゃん命だな」

ヘルメットの小さなシールドからでも、キバが呆れているのがわかる。だがその目は笑っていた。

「おとついは公開プロポーズでびっくりさせやがって。しかも二度目だと？　地球を出る前によくそんなことが言えたな。移動中、三か月も連絡できないのによ」

「連絡がつけばとっくに振られてるさ。前のはただの男除けだ。ヒロは優しいからな。狭い宇宙船で寂しい思いをしてる兄貴がいるのに、合コンとか行けないだろう」

「呆れたな。じゃあ、おとついのはなんだよ。世界中が見てる前で俺の嫁さんになってくれってのも、男除けか？」

「あれが本物だ。もう断れんだろう」

「おまえって、時々性格悪いよな。知ってたけどな」

キバも同じほうに向かって立つ。二人して、何も見えない空を見上げた。

「おーい、ヒロ！　兄ちゃん、とうとう火星に来たぞ！」

「だからマイクを切れ。おーい、尚子。早くこっちに来いよ」

そう言ってキバも手を振る。響也は笑った。妹が地球から振った小さなバイバイは、きっと今、火星に届いた頃だろう。あれから二十年以上経ち、ようやく手を振り返してやれた。


クレーターと岩山を避けると、火星で建設可能な平地は限られている。そこには鉄さびの混じった砂と岩があるだけだ。緑もなければ、水もない。大気のほとんどは二酸化炭素だ。

この星で人は生きられない。

だが、暮らすことはできる。響也はチームのメンバーと共に、コロニー建設のため五日間ぶっ通しで運転し続けた。帰りも同じく五日間。おまけに復路では車のエアダクト故障というトラブルに見舞われ、キャンプへ帰還した時には全員がクタクタだった。

重い宇宙服を脱いで後始末を終え、居住エリアにある個室に戻ると、ようやく安堵した。

中の作業着は汗だくで、髪も顔もベタベタだ。二年の滞在期間では色んな任務が予定されているが最初からこれはきつい。十日間、一歩も外に出られないのだ。

だから、走行中に妹から返信をもらえて嬉しかった。拗ねた顔で会いたいと言われ、息が詰まった。同乗していた他のクルーに見られてしまったのが悔しい。独り占めすればよかった。

「響也、ジュリアンから通信が入ってるよ」

ピエールが呼びに来た。響也は椅子に座ったまま、首だけひねった。

「もう報告は済んだだろう」

「違う件みたいだよ」

ピエールは今回のクルーで最も若いフランス人男性だ。人懐こくて、みんなから可愛がられている。日本の漫画が好きで、その話ばかりしている。

響也は大きく息をついて、椅子から立ち上がった。故障の件を再検証しろと言われるのかもしれない。だが内容は予想外だった。通信用のモニターの前で、思わず失笑する。

「日本時間で、月曜午後九時？　昔のドラマじゃあるまいし」

『五分か十分でいいのよ』と、モニターに映るジュリアンは相変わらず大らかに笑っている。『あなたの告白が大反響で、ＮＡＳＡじゃ嬉しい悲鳴よ。火星探査も最近じゃ飽きられてきて、関心が薄まってきているの。いつの時代も、人々の宇宙開発事業への理解は難しいのよ』

「だからって、人の恋路をネタにされるのはなあ」

『自分で蒔《ま》いた種でしょう。いいじゃない。火星にいながら妹さんに会えるのよ。嬉しいでしょう』

「火星では妹に会えませんよ」

響也は考えあぐねていた。何日もタイムラグのあるモニター越しの逢瀬《おうせ》など、会ったことにならない。前の二度の放送は仕事のうちだ。確かにプライベートに利用させてもらったが、火星くんだりまで来たのだ。それぐらい許されてもいいだろう。

だがそのせいで、また地球に向けて公開メッセージを送れとは。

『深く考えないで。宣伝だと思いなさい。うまくいけば、コロニーにあなたの名前が付くかもよ』

「有難いけど、名前入りコロニーは辞退しますよ。まったく、地球は平和ですね。わかりましたよ。その代わり、家族の警護を強化してください。あと、向こうからの返事は未公開のままで」

『ええ？　それじゃ見る側からすれば一方通行じゃないの』

「譲歩はしません。妹を広告塔にするつもりはありませんから」

きっぱり言うと、ジュリアンは時間の無駄だと悟ったようだ。

『わかったわ。まあ、世間の興味も数週間でしょうから、適当にこなしてちょうだいな。生放送だけど、放映は時差があるから三日後。内容は任せるわ。それにしてもあなたにはすっかり騙されたわ。義理の妹さんがロマンスのお相手とはね』

NASAからの通信が切れたあと、響也はムスッと顔をしかめた。

「人聞きの悪い」

ひろ乃の話を聞いて、ただの妹だと思うほうが鈍いのだ。散々煽《あお》ってきたキバでさえ、プロポーズの映像を見て愕然《がくぜん》としていた。ざまあみろと笑ってやった。

もうすぐ放送開始だ。身繕いするのも面倒で、そのまま座って待つ。

嫁さんになってくれと言った時、ひろ乃は馬鹿じゃないのと呆れていた。いつかおまえも火星で暮らせるようになると言うと、パンが焼けるなら行ってもいいと、やはり呆れていた。

火星で製パン。考えただけで笑えてくる。

まさか女の気を引くために、他の星でパンを作らされるとは。地球でも作ったことがないので、何が必要かさっぱりわからない。

だがその気になれば人はなんだってできる。

火星にだって来られたのだから。


キャンプを出発してから数時間。フロントから見える風景は、ひたすら灰色の岩地だ。

「それで、まだパンはうまく焼けないのかい」

ワン博士が後部座席から楽しそうに言った。

響也はワン博士の補佐として、トラックを運転していた。後ろには重機を積んだ大型車が続いている。目的は死火山のふもとだ。ガスが立ち込め、どんどん視界は悪くなる。火星の大地が衛星写真ほど赤く見えることは稀《まれ》だ。

「駄目ですね。地球と同じ大気成分、器具、材料を使ってるのに、何度やってもうまく発酵しないんです。コロニー内の無人工場では製造できるのに、キャンプで僕らが手作りすると毎回失敗です。どうしてでしょうね」

響也たちが火星へ来てから、早くも一年が過ぎていた。毎日色んなミッションをこなし、時にはこうして先住の開拓員と行動を共にする。ワン博士は五十代後半の男性で、バイオテクノロジーの第一人者として高名な学者だ。同行するのは何度目かになる。

「僕の妻も、ここへ来たばかりの頃よく嘆いていたよ。花がね、咲かないんだ。地球の土と水と肥料を使っても咲かないんだよ。でも無人の生産コロニーでは野菜や果物、観賞用の花もちゃんと育つだろう。なのにキャンプ内で人の手が加わるとうまくいかない。原因はわからないけど、僕らの皮膚についている菌や微生物がここは地球じゃないぞって怒っているのかもね」

ワン博士は明るく言う。彼はいつも物事の捉え方が優しい。

山のふもとに建てられた観測所に着いた。後続車も到着し、キバやイザベラたちも降りてくる。

作業はいくつかのチームに分かれて行われた。響也はワン博士の指示を受け、観測機器を運んだ。ひと昔前は探査ローバーがサンプルを摂取していたが、量も採取個所《かしよ》も、研究材料としては不充分だ。機械任せにするより、結局人の手でやるのが一番的確だった。

響也が油圧ショベルを操作して大きな岩をどけると、ワン博士は大気に晒された土の前で膝をついた。

「ああ、いいねえ。新しい微生物の死骸に出会えそうな素敵な土だねえ」

マニアックだ。目を輝かせるワン博士を見て、響也はヘルメットの奥で笑った。断言できるが、わざわざ火星にまで来る人間は全員が変人だ。興味のありどころが地球を一周して、火星まで飛んでいった。そんな感じだ。

だが、ここまで来てもやることは原始的な土いじりだ。響也は火星の乾いた岩や砂を運んだ。ヘルメットのイヤホンマイクからワン博士の声がする。

「いやあ、楽しいねえ。もしかしたら、そのうち生きた微生物にも出会えるかもしれない。ワクワクしないかい、瀬川君」

「はあ、まあ……。そうですね」

響也は埃《ほこり》にまみれながら、苦笑いした。

痕跡調査が重要なことは専門外でもわかる。火星ではまだ生きた微生物は見つかっていないが、見つかれば、火星環境下でも生きられる証明となる。いつかこんなヘルメットなしで火星の大地を直に歩けたら、それはすごいことだ。

「瀬川君は偉いね」

優しい声に目線を向けると、ワン博士は屈んで土を掘り返していた。

「偉い？　僕がですか」

「だって君は恋人のために、火星でパンが作れるように奮闘している。僕は妻を連れてきてしまった。彼女の地球の庭は素晴らしいんだよ。四季折々の花が咲いて、どれもとても繊細なんだ。だけど火星ではそれは叶わない。わかっていて僕は連れてきてしまったからね。瀬川君はパン作りが成功したら、恋人を火星に呼ぶのかな」

「いいえ。僕は地球に戻ります」

「そうか。残念だな。ここの人手不足は慢性化してるから、残ってくれると嬉しいんだけどね。君らのチームリーダーはキバ君だったね。彼は火星に留まってくれると聞いたが」

「はい。キバはパートナーを呼んで、任期後もここで暮らします」

「キバ君は優秀だ。頭の善し悪しだけじゃなく、大らかで、人を引き付ける力がある。君も同じくらい優秀だが、ちょっと人を食ったようなシニカルさがキバ君とは違う魅力だね。君らはいいコンビで、二人なら次世代の指導者になれると僕は期待してるんだけどね」

「僕は……火星で得た経験を活かして、地球で本職に取り組みます」

「専門はエンジン開発だね」

「はい。電気の波動を推進力にしたエンジンです。星と星の距離は縮められませんが、燃料の削減と、移動時間は短縮できますから」

「そうか。確かにそうなれば、もっと簡単に行き来ができるね。僕もまた火星に来られるかもしれないなあ」

ワン博士はまだしゃがんで小石や砂を集めている。地球でも研究は続けられるが、こうして何度も現場へ足を運びたがるタイプの学者だ。彼は妻を伴い、火星で十三年も暮らしている。十三年は滞在歴の最長だ。

「聞いてもいいですか、ワン博士」

「なんだい」

「なぜ地球に帰還されるのですか。博士は家族も連れて、ここで生活されている。開拓員として理想的な居住スタイルです」

「大げさだなあ。僕なんか理想とはほど遠いよ。無頓着すぎて、自分の妻の不調にも気付かなかったんだからね。せめて好きな花いじりができるうちに、地球へ返してやりたい。妻にしてみれば今さらだけどね」

ワン博士の声は明るかったが、そこには感情をコントロールできる経験値が感じられた。

響也は自分の鈍感さに唇を噛んだ。

「申し訳ありませんでした。無神経なことを言って」

「気にすることはないよ。理由を聞かれたら、いつもちゃんと答えている。それに僕の宇宙飛行士としての任務は終わっていないよ。できることならまたここへ来たいと思ってる。火星は僕の天職だからね」

「火星が天職……」

フッと心に何かがよぎったが、それがなんなのかわからない。

「専門は違えど、君も同じだろう？　みんな、特別な何かに惹かれてここへ来たんだ。そういうのを天職というんじゃないかな。たくさんコロニーを建設しても、そこで住めるようになる頃には僕らはもう死んでいる。それでも、ここを耕すことをやめられない」

ワン博士は立ち上がると、響也に優しく笑いかけた。

「君も同じだろう？」

調査が終わり、響也はまたワン博士を乗せてトラックを運転する。周りは真っ暗だ。大きな岩やクレーターはレーザーが感知して避けてくれるが、多少の悪路なら手動運転だ。ガタガタと振動がハンドルに伝わる。行きは感じなかったが、今、自分は火星の地を走っているのだ。

キャンプへ到着した。車両も重機も、宇宙服も埃まみれだ。後続車から降りてきたキバもヘトヘトのようだ。

「ここへ来てから、頭使うよりも体使うほうが多いぜ。俺ら、そんな若くないんだけどな」

すると、ワン博士がキバの肩を軽く叩いた。

「何言ってるの、キバ君。僕なんか、この歳でまだ肉体労働してるんだよ」

「ワン博士。博士なら遠隔で指示するだけでいいのに」

「それがじっとしていられないんだよ。いつまで経っても火星の地は新鮮だね。もし君が僕の滞在記録を更新したとしても、きっとそう思うよ。火星はシンプルで綺麗だ」

ワン博士はにこやかにそう言うと、誰よりも足取り軽く行ってしまった。

「変わった人だな」とキバが呟く。

「ああ」響也もワン博士の背中を見ながら言った。

「あの人がここを去るのはかなりの痛手だな。博士の奥さんも、キャンプ生活の大ベテランだ。尚子に色々教えてやってほしかったのに」

キバは残念そうだ。

一年後、宇宙船が地球からの新たな交代要員を連れてくる。そして任期を終えたワン博士は妻と共に帰還するのだ。

響也も同じ船に乗る予定だ。同じタイミングでワン博士が戻ると知った時は、残る側は大変だろうと思った。辺境の地で、経験豊富な駐在者がいなくなるのは心細い。

ふと見れば、キバが不機嫌そうにこっちを睨んでいた。

「なんだよ」

「おまえ、地球に戻ったらそれで終わりにするつもりじゃないだろうな」

「はあ？　なんだ、そりゃ」

「ＮＡＳＡもおまえには散々金かけてんだ。アメリカでこっちとのパイプ役として働けよ」

「あのな、忘れてるかもしれんが、俺は日本企業のサラリーマンだぞ」

「エンジン開発も急務さ。だがそれを言えば何もかもが優先だ。瀬川、俺はな、このままじゃ間に合わないような気がするんだ。地球にいるすべての人が本気で協力せんと、全部が無駄になる気がする。火星に来てからその思いは強くなる一方だ。おまえはそう思わないか」

いつもの自信ありげなキバと違い、真剣に憂慮している。響也は虚を突かれたが、顔には出さなかった。

「俺がどう思うかよりも、おまえがそう思うことが重要なんだろ。珍しく気弱になってるから教えてやるが、ワン博士が言っていたぞ。おまえに期待してるそうだ。次世代の指導者としてな」

「へえ、そりゃあ……」すると急にキバがニヤリと笑った。「さすがだな。見る目があるぜ」

「自分が脱出するから、適当に祭り上げてるって可能性もあるがな」

「フン、嫉妬か？　嫉妬だな」

キバはいつもの調子で悪づいた。

「よし。俺はこのままここで、火星開拓をもっと速く進めるぞ。尚子にいつまでも狭苦しいキャンプ生活はさせない。広いコロニーで、地球と変わらない優雅な暮らしをさせてやるさ。瀬川、おまえは地球の側からそれを進めろよ。ヒロちゃんとうまくいきそうだからって、日本でパン屋の亭主に収まるなよ」

響也は声を出して笑った。キバがわずかに零した不安を、こんなふうに誤魔化すのが心苦しい。できることなら自分も火星に残り、キバを支えてやるべきだ。

だがそれは感傷で左右されるほど簡単なことではない。

キバの妻の尚子は、彼のヘルスケアサポーターとしてNASAで働いている。そしてもう少しすれば火星行きの訓練を始める。宇宙飛行士としてではないが、地球から離れて、キャンプで暮らす訓練だ。

尚子は本当にわかっているのだろうか。火星を天職とする自分たちでさえ、この地での暮らしは厳しい。嫌になったからといって逃げられない。花も咲かない。パンも作れない。

尚子は本当に来るのだろうか。

キバはもうケロリとしている。愛する人を極地へ呼べる彼の強さを響也は尊敬した。自分にはその強さがないことを認識している。

地球に戻った時、自分とひろ乃の関係がどう変わっているのかはわからない。だがベーカリー・マーズはひろ乃の大事な城だ。あの場所から引き離すようなことはしない。できないし、したくなかった。

どんなにアクセルを強く踏んでも、後ろからレッカーで引っ張られているようだ。車内ではずっとアラームが鳴り続けている。あまりの揺れに、機械が誤作動を起こしているのだ。自動運転と手動が何度も切り替わり、車が唸りを上げる。

「響也」と、助手席のピエールが体を後ろへひねり、リアガラスを見た。「響也、まずいよ」

「わかってる」

「やばい。マジでやばい。もう駄目かも」

ピエールの声はどこか面白がっているようだ。彼の軽さが、困難な状況にもかかわらず響也を笑わせた。

「後ろばっかり見ても、嵐は収まらないぞ」

響也はタイヤがぶれないように強くハンドルを握り、猛追する嵐から車体を引き剝がそうと必死だった。もう何時間走り続けているだろうか。足や肩が強張っても、力を抜くことはできない。バチバチと砂がガラスを叩き、時折、上からゴンと大きな音がする。舞い上がった石が屋根に落ちるのだ。

少しでも亀裂が入れば、圧力の差で車は内部から爆発する。スーツとヘルメットはかなりの強度なので即死は免れるかもしれない。だがこの嵐の中に放り出されたらどのみち死ぬ。

ピエールは諦めたのか、前を向いて座り直した。

「逃げ切れるかな。まるでストーカーみたいに僕らが行く方向にずっとついてくる。もしかしたら、火星全土が積乱雲と竜巻に覆われてる？」

「さあな。車のレーダーが正しけりゃ、俺らが向かう先の気流は安定している。後方がどこまでひどいことになってるかは、キャンプとの通信が復旧しないとなんともいえん」

半日前、響也とピエールが乗った車は走行中に猛烈な砂鉄嵐に襲われた。あっという間にキャンプとの通信は不能になり、危険感知のため自動運転では前進できなくなった。選択肢はふたつ。その場に留まるか、強引に嵐を突き抜けて目的の輸送施設へ向かうか。

そのどちらも響也は選ばなかった。車が走行ルートを外れて旋回すると、ピエールは瞬時の判断を悟り、嵐を迂回しながらキャンプへと戻れる近道を探り出した。ピエールは切り替えが早く、前向きだ。響也の選択に文句を言うよりも即座に協力してくれる。

「見て、響也。ちょっと嵐の速度が弱まったよ。もう追いかけてこない」

「そうか」と、ようやく肩の力が抜ける。正しい選択かどうかはまだわからないが、今のところ、車はバラバラになっていない。「俺はあと一時間走る。おまえは後ろで休んでくれ。そのあと交代だ」

「わかった。ああ、トイレパックがパンパンだよ。交換しなきゃ。クレーターがなければ、こんなに遠回りしなくても済んだのにね」

「嵐の進行方向がまずかった。今回のミッションは色々とついてない」

輸送施設の修繕はキバの担当だが、響也が交代した。それは大したことではない。問題はコンピュータが気象計算を見損なったことだ。前後を黒雲に囲まれた時はゾッとした。

「ここからの道は平坦だから、もう自動運転に切り替えれば？」

ピエールはそう言うと、座席をスライドさせ後部へ移った。効率のよさと丁寧さを兼ね備えた優秀な青年だ。彼はチームの最年少で、楽しいことには目がなく、響也のパン作りも率先して手伝ってくれる。今は狭い車中でゴソゴソと、トイレパックを交換している。

「ねえ、響也。妹ちゃんにさ、あのペシャンコのバターロールは見せた？　焦げてるのに生焼けのやつ」

「見せるか、あんな中途半端なもん。俺は兄貴だぞ」

響也は前を向いたまま、電子パネルを操作した。やはり通信機能は全滅だ。

「兄貴とか関係ないけど……。ちょっとくらい下手でも、大目に見てくれるんじゃないの？　努力の結果だよ」

「そうはいくか。兄貴ってのは常に完璧であるべきだ。ピッカピカでツヤツヤのバターロールじゃなきゃ駄目だ」

「強情だなあ」と、後ろのピエールは呆れ声だ。「向こうはパン職人なんだから、アドバイスをもらえば？」

「それじゃ意味がない。俺がここで全力を投入することに意義があるんだ」

「でも、僕、手伝っちゃってるよ」

「火星で全力投入することが大事なんだよ。地球の手は借りない」

「よかった。じゃあ響也が地球へ戻ったあとは、僕の個人ミッションに登録して、このままパン作りを引き継いであげるよ。そうしたら、予算つくもんね」

ピエールはちゃっかりしている。火星では開拓員のモチベーション維持のため、趣味嗜好にも潤沢に金が出る。ただ時間がないのでそうそう好きにはできない。

「有難いけど、漫画のほうはいいのか？」

「漫画も、もちろんやるよ。頑張って日本の出版社からデビューするんだ」

「別に日本じゃなくてもいいだろ」

「駄目だよ！」珍しくピエールが声を大きくする。「日本の漫画は世界のトップだよ。続々と面白いものが出てくるんだから。こないだ、NASA経由で僕が描いた漫画のデジタルデータを日本の出版社へ送ってもらったんだ。もちろん匿名だよ。結果は残念だったけど、悪くはないって編集者からコメントをもらったんだ。すごくない？」

響也は運転しながら苦笑いをした。実名なら、世界中の出版社が食いつくだろう。だがそうしないのが、ピエールのこだわりらしい。

「ああ、すごいな」

「でしょう？　漫画家デビューへの兆しが見えてきたよ。地球だろうと火星だろうと、どこでだって漫画は描ける。もし売れっ子になったら、実は僕、火星在住なんですってポロッと言うのはどう？　カッコよくない？」

「ああ」と、笑いを堪える。「かなりカッコいいな」

「だよね。安心してよ。漫画は結構いいとこまで来てるから、並行してパン作りも進めてあげられるよ。漫画家デビューと、ツヤツヤのバターロールが僕の個人ミッションさ」

ピエールの声は明るい。強がりや誤魔化しではない。

一方、計器を確認して、響也は小さく唇を噛んだ。パン作りには地球の手を借りたくない。だが今は地球の手を貸してほしい。通信断のせいで衛星からの情報が入らない。

またアラームが鳴り、手動で切る。車載レーダーが正常なら、また状況は悪くなってきた。嵐は背後からではなく、両側面から回り込んでいる。

「まるで生き物だ」

「酵母菌のこと？」

ピエールの愛嬌に、小さく笑う。お陰で緊張がほぐれた。

「よくない状況だ。センサーがいかれたらしくて自動運転がうまく機能しない。そして外に出て修理する余裕はない。ストーカーに追いつかれる」

「じゃあこの先も手動で運転か。居眠り禁止だね」

「それだけじゃない。迂回してキャンプに戻るつもりだったが、強烈な低気圧がキャンプ周辺に停滞してる。このままだと自分から嵐の中に突っ込む羽目になる」

「じゃあルートを再計算だ。もっと大きく回り込もう」

「そうなると今度は山にぶち当たる。太陽光充電なしでは、平原に出る前に燃料切れだ」

「うーん。高地にはガスが多いから、このままずっと充電できない可能性があるね。今ある燃料だけで移動できる距離を再計算するね」

「頼む。とりあえず今は逃げ切ることが先決だ」

響也は深くアクセルを踏み込んだ。

通常なら二日で終わる任務だ。物資は余裕をみて三日分積んである。問題は太陽光だ。日照不足で充電ができなければ走行不能になる。車内の酸素交換もできなくなり、ボンベが尽きれば終わりだ。

「ねえ、響也」ピエールの声は笑っている。「充電なしでキャンプに戻るには、今来た道を引き返すしかないみたい。でもそうすると、嵐の中に飛び込んでいくことになるね。運が良ければ無事でいられるかも」

「運は嫌いだ」

響也は素っ気なく言った。

フロントガラスから見えるのは殺風景な岩と土埃だけだ。こんな場所に運など転がっていない。有人探索が始まって以来、火星で開拓員が死亡したことはない。任務の失敗はあっても、人が死んだことはないのだ。

「……キャンプはこっちの位置を見失っているはずだ。おまけにこの天候では救助隊を出せない」

「僕らがどこにいるのか誰も知らないからね。衛星なら、嵐の外にいれば映像で確認できるけど、この広い火星で見つけてもらえるかは運次第だよね」

「いや」と、響也はきっぱり言った。「運じゃない」

走行ルートを外れてから、かなりの時間が過ぎている。キャンプでもＮＡＳＡでも大騒ぎになっているはずだ。関わるすべての人が必死で自分たちを探している。全力で探していることだろう。

そうやって、我が事として懸命になれば人は強い。今まで火星開拓員の死亡がゼロなのは、地球のお陰だ。地球にいる人々が見守ってくれているからだ。

「地球が見つけてくれる。こっちの行動を先読みしてもらうんだ。俺とおまえがこの状況で考えること。そこへ行けば、ＮＡＳＡの連中が先回りしてくれている」

「このミッションのリーダーは響也だよ。僕は命令系統を守るタイプだもの」

「じゃあ、それも計算内だ」

任務中に開拓員が死ぬようなことがあれば、これから先の火星移住に影を落とす。自分たちの子供の未来のために、そんなことがあってはいけない。絶対に生きて地球へ帰るのだ。

「大丈夫、俺たちの仲間はみんな優秀だ。どこへ向かおうと必ず見つけてくれる」

響也は強くハンドルを握り、嵐を背に車のスピードを上げた。

「キャンプは諦める」

「了解」と、ピエールはすぐに理解した。「目的地設定、クリア。今の悪天候を加味して、残りの燃料とサプライで運行可能な距離内にある有人施設は、と」

悪路にハンドルを取られそうになり、肩に力が入る。運転以外、他のことができない。今回のミッションはついていない。だが、同行者がピエールでよかった。この青年とは仕事がやりやすい。くどくど説明しなくとも、こっちの思考を読み取ってくれる。

「ゼロだね。どの施設にも行きつくまでに燃料切れ。天候条件をもう少しライトにして、再計算する?」

「甘い目測でたどり着けないと意味がない。大丈夫だ。NASAは優秀だ」

「各施設側からもこっちへ向かってくるとして、お互い、到達可能な場所と時間があるのは、と。なんだかマッチングみたいだね。響也、やったことある?」

「ない」

岩に乗り上げ、車体が傾く。歯を食いしばる。

「妹ちゃん、いるもんね。僕、出発前にマッチングサイトで知り合った日本人の女の子と、時々テキスト通信してるんだ。NASA経由だから読まれちゃって嫌だけど、その子、すごく面白い……。甘くない計算で、一件だけヒット」

「どこだ?」

「海洋コロニー。モニターに出すね」

すぐに経路が映し出される。響也はハンドルを切った。

「何が一番やばかったってさ、トイレパックだよ!」

ピエールは目を輝かせていた。興奮して、声がどんどん大きくなっていく。

「僕も響也も最後の一個だったんだよね。燃料も水もまだ充分に残ってるのに、まさかのトイレパックが足りなくなるとは盲点さ。次にもよおしたらスーツ内を逆流だよ。密閉された車内で、それって悲劇じゃない?」

「ピエール、もうやめろ」

響也は頬を熱くした。できれば悠然とした態度で格好よく報告したかったのに、ピエールのせいで台無しだ。チームのみんなはゲラゲラと笑っている。

海洋コロニーへ向けて砂漠を走行中、車のレーダーが救助隊の影を捉えた時には、響也とピエールは大声で歓喜した。背中に繋いだトイレパックは本当に最後の一個で、これが溢れ出せばどうなるだろうか。スーツのまま用を足す訓練はしたが、トイレパックが足りない時の訓練はしていない。お喋りなピエールが無言になった時には覚悟を決めたが、既《すんで》のところで救助が間に合った。

数日間遭難し、海洋コロニーで救助され、こうしてキャンプへ帰還するまでにまた数日。

キャンプを出発してから、すでに一週間近くが経っていた。今回は多くの課題を生んだミッションだった。

『自然を甘くみていたでは、済まないわね。今さらだけど、火星の気象衛星の予算を増額するように提言したわ』

地球との交信では、ジュリアンの声はいつものように明るかった。だが一時でも開拓員をロストしたことは重大な過失だ。これから何十もの検証がされるだろう。彼女の声はそんな深刻さを感じさせない。

「それなら遭難した甲斐があります。サプライの問題も、お願いしますよ」

『トイレパックね。わかった。充分な数を積んでおくように見直すわ。体調はどう？』

「交代で休憩を取っていたので問題ありません。飲食制限していたから少し痩せたくらいですね。ピエールを褒めてやってください。今回は彼に助けられました。彼のメンタルの強さはこれからもみんなの励みになるはずです」

『若さがいいほうに出たわね。能天気とも言えるけど』

「キバなら彼のいい部分をもっと引き出せますよ」

『そうね……。よかったわ。何もかも、さすがね。あなたがいてくれてよかった。あなたの妹さんにも感謝するわ』

「妹?」

『ご家族も一緒にここへ来ていたのよ。あなたたちを発見する手がかりをくれたわ』

「へえ」と、よくわからないままに通信は切れた。そういえば今日は地球からメッセージが届く日だ。仕事に集中している時は、家族を思うことはほとんどない。父も母も妹も、地球で健やかに過ごしているならそれで充分だ。

ピエールや他のクルーはまだワイワイと盛り上がっている。響也は生きている喜びをゆっくり噛み締めようと、一人でこっそりその場から抜け出した。


火星でも、ガスがかかっていない夜には星が見える。

響也は休憩所の天井を見上げていた。ガラス張りで、広く空が見渡せる作りになっている。火星へ来た頃は他のクルーたちと一緒によくここで空を見上げていた。子供のように心が躍ったものだ。贅沢なもので慣れると滅多に来ることはなくなった。たまに来ても、誰もいない。

今夜も一人だ。ぼんやり夜空を眺めていると、足音がした。

「なんだ、おまえ。こんなところで明かりも点《つ》けずに」

キバだ。苦笑いをしている。響也は微かに笑い返した。

「暗いほうが、星が綺麗に見えるんだよ」

「星なんか嫌ってほど見てきただろう。なんだ、夜食か？　うまそうなもん食って……」

キバの顔から笑いが消えた。

「それ、ヒロちゃんの火星パンだろう？　火星を発つ日に食うって言ってたよな。地球から大事に持ってきたのに、なんでこんなとこで一人でモサモサ食ってんだよ。頭でもおかしくなったか？」

「ああ、そうだよ」

響也は三分の二ほどになった火星パンをかじった。ザクロの甘酸っぱさが口の中に沁《し》みる。キバは訝し気に眉根を寄せながら、隣に座った。

「どうしたんだよ」

「やけ食いだよ。ひろ乃に振られた。俺とは結婚できないそうだ」

そう言って、またパンに八つ当たりをする。地球で食べた火星パンはもっとサクサクでうまかった。これでも自然形態のまま真空にして運んだのだ。火星を発つ最後の日に食べようと決めていた。

それなのに、気が付けば暗がりの中、一人でモサモサと食べている。自分でも呆れるくらいショックを受けていた。

キバは言葉を探しているようだ。しばらくして、柄にもなく遠慮がちに言った。

「振られたっていっても、こんな状況だろう。まだどうなるかわからない……」

「いいんだ。ヒロがよく考えて出した答えだ。受け入れるさ」

キャンプ内の空気が乾燥しているせいか、パンくずが服に落ちる。クッキー生地のメロンパンは口に運ぶたびにカサカサになっている。

それでも最後まで食べよう。兄貴なら、妹の一生懸命を受け取らなくてはならない。まずくても、つらくても。

「瀬川」

「うん?」

「すまない」

妙な声音に顔を上げたが、キバはいつものように皮肉っぽく口角を上げていた。

「おまえがどうして振られたか教えてやるよ」

「はあ? そんなことわかるはずが」

「それがわかるんだよ。おまえが砂漠でウロチョロしてる時、俺はヒロちゃんとNASAの通信センターで話したんだよ。ヒロちゃんがおまえを振ったっていうのも聞いた。その理由もな」

響也は頬を引きつらせた。からかわれているのかと思ったが、どうやら本当らしい。キバのニヤついた顔を見ていると段々腹が立ってきた。

「なんだよ、理由って。もったいぶってないでサッサと言え」

「ふふん。結局はおまえたち、似た者同士ってことさ。ヒロちゃんはおまえの好きは、好きじゃないって言ってたぞ。ヒロちゃんがおまえのことを好きだから、応えようとしてくれたんだってな。相手の気持ちがわかりすぎるってのも問題だな。忖度が空回りして、あの子のなかではなんにも進展してなかったってことさ。残念だな」

キバは居丈高に笑っている。響也は眉根を寄せた。

「わけのわからんこと言ってないで、その理由ってのを教えろよ」

「だからそれが理由だ。惚れてるほうが勝ちなんだ。相手を思いやって、プロポーズを断れるんだからな。瀬川、おまえはもっと本気であの子にぶつかれ。兄妹の殻を破るくらいじゃなきゃ、お互いの思いやりに潰されちまうぞ。ここは地球じゃないんだ。摑めるものがないと、いくらおまえでも宇宙に飛ばされちまうぜ」

キバはいつもの調子だが、そうでないことはわかった。

予感ではない。何かあるのだと響也にははっきりとわかった。恐らく、よくない何かが。

黙ったままキバを見つめていると、彼はきまり悪そうに俯いたあと、顔を上げた。ぎこちなく笑っていた。

「ついてないぜ。二親等も遡って遺伝子検査して、なんの問題もなかったのに。俺自身、今まで大きな病気をしたことがない健康優良体さ。それがさ、小さな点があるってよ。目に見えないミクロの点だ。そんなもん、この先どうなるかわからないだろう？　このまま進行しないかもしれない。だがたとえ病気でも、火星開拓員をこの地で死なせるわけにはいかないそうだ」

「キバ」

「焦るなよ。まだ早期で、進行ガンでもない。だけどすぐに取り除いて、そのあと俺は地球に送り返される。根治しても、数年は戻ってくることができない決まりだ。ちくしょう、ついてないぜ。間違いだと思いたかったけど……」

キバは悔しそうに唇を噛み、肩を震わせた。

輸送施設の任務を代わってくれと言われた時だ。あの時から、キバはどこかおかしかった。友達なのに、そんなことにも気が付いてやれなかった。響也も唇を噛んだ。

「……尚子さんには？」

「もう伝えた。尚子が出発する前でよかったよ。宇宙船に乗ればもう引き返せない。着いた途端に俺と一緒に強制送還なんて、申し訳なさすぎる。捨てられちまうよ」

「そんな人じゃないだろ」

響也は込み上げるものを喉の奥で抑えた。泣いたりわめいたりしても解決はしない。つらいのは自分ではなく、キバだ。キバは自他ともに認める優秀な男だ。ワン博士が見込んだように次世代を牽引する者にふさわしい。それをこんな形で断念しなくてはならないとは、どれだけ悔しいだろう。

「瀬川」キバがポツリと言った。「すまん」

「謝ることじゃない」

「俺の代わりにここへ残ってくれ。こんなこと、他の誰にも頼めない」

キバは頭を落とし、声をくぐもらせた。そう言うだろうと響也にはわかっていた。そう言うしかない彼の心境に、胸が痛かった。

「誰にも頼めないことがあったら、俺もおまえを頼るよ」

天井を見上げると、満天の星が輝いている。星の美しさはどこで見ても同じだ。だがここには愛する人はいない。見ている空も違う。自分は本当に独りぼっちなのだと、今、ようやく理解した。

火星では誰もが愛している人に会えない。キバは尚子に会えない。響也もひろ乃には会えない。分厚い宇宙服と気密されたヘルメットがなければ、外にも出られず、手を繋ぐこともできないのだ。

この星を変えなくてはいけない。パンが焼けて、花が咲いて、好きな人にいつでも会える、そんな星にするのだ。響也は見えない地球を見上げて、思いを馳せた。

自分の根が火星に下りた。

◆地球にて　20×2年

西東京市内の小学校には、最後の放送に臨場しようと今までの倍以上の観覧者が押し寄せた。想定外の人数に、用意されていたパイプ椅子は片付けられ、市長も議員も体育館の床に直に座っている。

ひろ乃は最前列に体育座りをして、モニターを見上げている。隣には桃菜と、両親が座っている。放送開始までまだ時間があるので、会場はざわざわとうるさい。

「あ、またあんたが映ってる」

桃菜が手元のスマホを見せてきた。そこには斜め方向から撮ったひろ乃が映っている。この角度は、と隣を向くと、母の美乃梨がスマホでひろ乃を撮影していた。

「お母さん、動画をアップしないで」

「うふふ、ごめんね。だってヒロちゃん、可愛いんだもん」

美乃梨は無邪気に笑うと、今度はその横に座る父の謙二郎をスマホで映している。

桃菜はスマホを仕舞うと、ため息をついて寂しそうに言った。

「なんか残念だな。せっかく親友が有名になれたと思ったのに、急に番組が終わっちゃうなんて。でもお兄さんが地球に帰ってきたら、また話題になるよね。ひろ乃も一緒にスタジオに呼ばれるかな？」

「ないない」

ひろ乃は苦笑いをした。有名になったのは兄だ。毎週、火星から送られてくるメッセージを全国放送するようになってから、一年半。火星での任期はまだ半年残っているが、今夜の映像送信が最後になる。それも三日前にすでに撮られたもので、今、本人がどうしているかはわからない。

「なんだ。ないのか」と、桃菜は残念そうだ。「でも、どうして急に終わっちゃうの？火星からの放送、みんな楽しみにしてたのにな」

「さあ……どうしてだろうね」

ひろ乃は曖昧に答えた。

理由はあの遭難だろう。無事だからといって何もなかったことにはならないはずだ。プライベートな通信も事故の原因のひとつと判断されたかもしれない。

兄たちが救助されたと聞いたあと、ひろ乃と両親は日本へ帰った。鴨村がマメに連絡をくれるので、兄が元気で仕事に復帰したのは知っている。放送が強引に打ち切りになるのも、NASAと日本政府の指示だと鴨村が教えてくれた。

これでよかったのだ。帰還するまで、些末《さまつ》なことは忘れて集中してほしい。

それでも今夜が火星での兄を見られる最後かもしれないと思うと切ない。事故を責められて落ち込んでいなければいいが。そんな繊細さは持ち合わせていないと知っているのに、なぜか気になる。

「あのさ、ひろ乃」

桃菜がおずおずと言った。

「今日が終わりなのも気になるんだけどさ、二週も続けてお兄さんからのメッセージがなかったじゃない。あれってもしかして、私が余計なことを言ったから、喧嘩しちゃったとか？　その、早く断ったほうがいいみたいな……」

桃菜は口ごもった。ひろ乃は首を振った。

「違うよ。喧嘩なんかしてない。火星での仕事が忙しくて時間が取れなかっただけよ」

「ほんと？　まさか私のせいで結婚断ったりしてないよね？」

「ないない」と、ひろ乃は笑った。断ったが、桃菜のせいではない。

「そっか、よかった。もうすぐ時間だよ。お兄さん、今日は何を言うんだろうね」

った。

「さあね」

ひろ乃はモニターを見上げた。放送が始まり、いつもの司会者とコメンテーターが映る。誰もが今日で番組が終了することを嘆いているが、ひろ乃の耳にはほとんど入ってこなかった。

そういえば結婚を断ったのだと思い出す。こちらからの映像はとっくに届いているはずだ。兄はあれを見てどう感じただろう。私が本気にならなくてよかったと、ホッとしただろうか。それとも少しは残念だった？　ショックを受けていなければいいが。

そう思ってから、自意識過剰さに呆れた。

兄は、そんな繊細さは持ち合わせていない。こっちの答えを想定していて、やっぱりなと思う程度だ。ようやく妹が兄離れしたと喜んでいるかもしれない。

結局、掻き回されたのは自分だけだった気がする。響也はいつも冷静で、ちゃんと先のことを考えている。その中にはひろ乃と両親のことも含まれている。それだけではない。家族や友人以外も視野に入れられる人だ。そういう特別な人だ。

ザザッとノイズが走り、モニターが白くなる。響也が映った。

会場が大きく沸く。熱気と歓声で揺れているようだ。響也は柔らかく微笑んでいる。

『地球のみなさん、こんばんは。宇宙飛行士の瀬川響也です』

誰もがそう感じたのか、周りでボソボソと声がする。桃菜が心配そうに言った。

「なんかお兄さん、ちょっと痩せたね」

「うん……。そうだね」

確かに少し痩せた。ひろ乃は虚ろに答えた。

『まず、みなさんに謝らなくてはなりません。これが、僕が火星から送る最後のメッセージになります。トラブルではなくスケジュールの関係で、毎週の時間を確保できなくなりました。急で申し訳ありません。NASAと宇宙開発省のホームページでは引き続き僕らの火星活動を更新していく予定なので、これからも応援をよろしくお願いします』

流暢《りゅうちょう》で耳当たりのよい喋りだ。だがいつもほど明るい感じはなく、それを隠そうとしていないのもわかる。

『実はもうひとつ、みなさんに報告があります。僕は半年後の任期が終わっても、火星に残ることにしました』

「え？」

ひろ乃は小さく声を上げた。周囲がどよめく。

隣にいる両親も驚いている。響也はその反応を知っているようにしばらく黙り、そしてゆっくり喋り出した。

『通常、火星開拓員の任期は二年です。僕もその予定でしたが、このまま火星でキャンプ運営に携わることにしました。これからやってくる人々のために、できることは山のようにあります。よく考えて出した答えです。父さん、母さん。相談せずに決めてしまって、ごめん。火星は俺の天職だ。できることがある限りここにいようと思う。ヒロ、ごめんな。おまえの元に帰るつもりだったのに、帰れなくなったよ』

響也の口調は優しい。小さい頃からずっとそうだったように、優しかった。

ひろ乃はぼんやりとしていた。モニターの響也は、これから火星で自分が行うべき仕事を説明している。長期滞在している人がキャンプでどういう生活を送っているかを話している。

「え、それだけ？　お兄さん、ひろ乃にはそんだけなの？」

隣では桃菜がオロオロしている。会場のざわめきも収まらない。

ひろ乃はただ響也を見ていた。周りの声がうるさくて、兄が何を言っているのかは聞こえないが、彼の目に矜持を感じる。凜々《りり》しかった。

「ねえ、ひろ乃ってば」桃菜は怒っていた。「聞いてるの？　お兄さん、火星に残るって言ってんのよ。地球には帰ってこないって」

「うん」

「うんって、あんた、なんでそんなに冷静なのよ。何年も会えないのよ。このまま帰ってこないかもしれないのよ」

「そうだね」

すると桃菜は怪訝《けげん》そうに眉根を寄せた。

「ひろ乃、平気なの？」

「うん。平気」

ひろ乃はまだモニターの響也を見ていた。

兄は凛然《りんぜん》と、自分の役目を果たそうとしている。二度と会えないとしても、仕事を選んだ兄が誇らしかった。

「お兄ちゃんは仕事を愛してる。私はそんなお兄ちゃんが好き。自慢の兄だわ」

「ひろ乃……」

会場はまだ騒がしいが、次第に収まりつつある。響也の声も少し聞こえるようになってきた。

『……というわけで、西東京宇宙工学研究会の子供たち。近い未来、僕はここで君らが来るのを待っています。宇宙飛行士としての僕からは、以上です。最後になったけど、おーい、ヒロ。地球の妹よ、応答せよ』

突然、声のトーンが変わった。ひろ乃はギョッとした。モニターの響也は悠然と笑っている。

『ほんとに想定外だよ。俺の計画では、離れてる間にヒロが兄ちゃんへの愛に気付いて、地球に帰ったら昔みたいに飛びついてくるはずだったのに。おまえは覚えてないだろうけどな、まだ保育園の時、おまえは兄ちゃんのお嫁さんになりたいって言ったんだぞ。まあ、それを真に受けて今があるわけじゃないけどな。さすがにそれじゃ、俺がやばい奴だし。でもあの時、俺もまだ中学生だったから結構グッときたのを覚えてるよ』

兄はヘラヘラしている。ひろ乃は茫然とした。いきなり何を言い出すのだろう。この手の話はもう終わったと思っていたのにまだ続くとは、こっちも想定外だ。

『でも本気だった。俺以上におまえを思う男はこの世にいない。だから地球に帰ったらほんとに嫁さんにするつもりだったんだ。でも俺は帰れない。ヒロはかけがえのない人だけど、それでも俺は仕事を選ぶ。ここに俺の天職があるんだ』

響也は真っ直ぐにひろ乃を見つめた。向こうからは見えていない。これは三日前の映像だ。

それでも響也はひろ乃を見ている。はっきりと視線を感じた。

『だからヒロ。おまえが火星へ来てくれ。宇宙船に乗って、ここへ来てほしい。火星は地球とは違う。まるで違う。不便さはないけど環境に適応するまでかなり時間がかかるだろう。嫌なことがあってもすぐに地球へは帰れないし、友達もいない。俺は仕事が忙しくてあまり構ってやれないと思う。何より、努力はしたけどまだロールパンすら焼けないんだ。だからこっちへ来ても、おまえは好きなパン作りができない。ベーカリー・マーズも諦めなくちゃならない。あんなに頑張って軌道に乗せたのに、火星に来たら店は続けられなくなる。おまえにとって火星はつらいことが多いはずだ』

響也は微笑んでいる。語り口調は変わらなくても、ひろ乃にはわかった。

私が寂しいのも、報われないのも嫌。

それなのに、そんなことばかりが待ち受ける火星。

来てくれと言うのは、身を刻む思いだろう。

『厳しい訓練を積んできた開拓員でさえ、堪《たま》らなくなる時がある。実際俺も、二年の縛りさえ乗り越えれば地球に戻れるって言い聞かせてきた。だけど俺はここに根を下ろす。覚悟じゃない。覚悟なんか、ここでは役に立たない。だからおまえに必要なのは覚悟じゃなくて、兄ちゃんを助けてくれるかどうかだ。兄ちゃんは火星ではおまえを守ってやれない。仕事を優先する。おまえは一人で寂しい思いをするし、やりたいこともできない。それでも俺はおまえに来てほしいよ。同じ星を踏んで、同じ星を見上げてほしい。よく考えてくれ。期間は無期限だ。よく考えて、答えを出してくれ。俺からは以上だ』

響也はにっこり笑うと、手を振った。

『では地球のみなさん。もしかしたらNASAの気まぐれで、いつかまたみなさんへメッセージを発信できる機会がもらえるかもしれません。その時まで、お元気で』

映像が切れた。画面はスタジオに変わる。誰もがぽかんとしていた。

会場も同じだ。あんぐりと口を開け、モニターを見上げている。

ひろ乃は笑いがこみ上げてきた。

「え、あんた……、笑ってんの？」

桃菜が信じられないとばかりに目を丸くしている。周りに聞こえないよう、ひろ乃は俯いて笑いを堪えた。

「だって、あれじゃ来るなって言ってるようなものじゃない。あんなこと言われたら、火星じゃなくても行かないでしょう。ほんと、馬鹿正直なんだから」

ひろ乃は堪え切れずにクスクスと笑った。さっき兄が言ったことは誇張ではなく、すべて真実だ。ひどい話だ。あんなことを聞かされて、誰が喜んで火星くんだりまで行くだろうか。普通ならご遠慮願うところだ。

普通なら。

嬉しくて笑えてくる。人が聞いても意味がわからないだろう。好きとか、そんなありきたりな言葉ではなく、兄は兄らしく、ひろ乃に嬉しいことをたくさん言ってくれた。

「ヒロちゃん」

母が優しく声をかけた。その向こうでは父も笑っている。二人とも兄をよく理解している。さっきの言葉にどれだけの重みがあるかを、わかってくれていた。

「お兄ちゃんって、ほんと馬鹿だよね。私がつらいの、一番嫌なくせに」

ひろ乃がそう言うと、二人は頷いた。

「ヒロちゃんが決めたことなら、お母さんは賛成よ」

「お父さんもだよ。響也はああ言ったけど、きっとひろ乃ちゃんのことを全力で守るよ。美乃梨さん、僕らも本格的に宇宙航空の免許を取ったほうがいいね。いつでも会いに行けるように準備をしておかないと」

「あら、そうだわね。さすが謙二郎さん。気が利くわ」

二人は嬉しそうに盛り上がっている。この二人が自分たちの親でよかったと、ひろ乃は心から思った。どこにいても繋がっている。

「お父さん、お母さん」

ひろ乃は迷いなく言った。

「私、火星に行くね」

◆三か月後　アメリカ

ＮＡＳＡの飛行場には家族や親戚が見送りに来てくれた。これが直接会える最後だ。ひろ乃は今から宇宙船の打ち上げ場へ向かう。

「なんとか間に合ったわね」

尚子がしみじみと言った。感慨深そうだ。ひろ乃は頭を下げた。

「かろうじて搭乗ラインをクリアすることができました。本当にありがとうございます。全部、尚子さんのお陰です」

「ひろ乃ちゃんが頑張ったからよ。若くて体力もあるし、何より根性があった。正直、三か月で火星行きの基準に達するのはかなり厳しいと思っていたけど、よく頑張ったわ。今まで私がやってきたことが無駄にならなくて済んだわ」

響也からの放送のあと、尚子はすぐに連絡をくれた。自分の代わりに火星に行くなら全面的に協力すると言われ、ひろ乃は単身、アメリカに飛んだ。それから尚子と共にみっちり訓練を積み、今日ここにいる。

「火星に着いたら、ユウキと入れ替わりね。彼のことは気にしないで。私が絶対に治してみせるから。ユウキがよくなったら私たちも必ず火星に行くから、それまでひろ乃ちゃんも元気で、瀬川君と仲良くね」

「はい」

ひろ乃は力強く頷いた。火星へ旅立てるのは尚子のお陰だ。尚子が協力してくれなければ、出発はもっと先になっただろう。

グズグズと鼻をすすりながら、鴨村がやってきた。

「ひろ乃さん。響也さんにお伝えください。僕はこれからも地球でみなさんを支えますので、どんどん頼りにしてくださいと。もしまたテレビ放映することがあれば、僕の功績をネタにしてくれても構いませんよ、と」

「はあ」

功績が何かわからなかったが、ひろ乃は礼を言った。鴨村にも随分と世話になった。最初は変な人だと思ったが、家族のために奔走してくれた。兄とビデオレターのようなやりとりができたのは、鴨村のお陰だ。

兄が地球を旅立ってからもうすぐ丸二年だ。帰ってくるのを待つはずが、まさかこちらから追いかけることになるとは想像もしなかった。ひろ乃は今から火星へ向かう。

「信じられないよ。親友がもうすぐ宇宙船に乗って、火星に行っちゃうなんてさ。おまけに私までＮＡＳＡにいるなんて。こんなのＳＦ漫画の範疇《はんちゅう》も超えちゃってるよ」

桃菜は興奮と緊張で顔を強張らせている。本来は家族でなければ見送りには来られないが、どうしても出発前に直接顔を見たくて、方々に頼み込んで特別に招待した。

「そうだ！　漫画で思い出した。私の漫画がさ」大きな声のあと、桃菜は息を飲んだ。

「やだ。ひろ乃は今から火星に発つっていうのに、漫画の話なんかどうでもいいよね」

「どうでもよくないよ。教えて。桃菜の漫画どうなったの？　お兄ちゃんがイカとタコの話だよね」

「あはは、イカタコじゃないけどさ、主人公をお兄さんとひろ乃から、その周りの人に変えてみたの。ひろ乃とお兄さんは漫画では本当の兄妹で、主人公はお兄さんの友達の宇宙飛行士と、妹の友達の普通の女子高生にしてみたんだ。そしたらさ、なんと編集長から直接連絡がきたの！　連載が決まったのよ！　すごくない？」

「すごい」

「でしょう！　科学とか宇宙の話でも、ちょっと視点をずらしたほうが身近な恋愛漫画になるって気に入ってくれたんだ。結局さ、女子はみんなラブよ。難しい設定でも大事なのはラブ。恋愛漫画の原点に戻るわ。でもこれだけは絶対。どんな話になっても、みんなが幸せになれる漫画にするね」

桃菜は目を輝かせた。桃菜の明るさは、ひろ乃にとっていつも救いだ。この数か月間、訓練のために身動きできなかったひろ乃に変わって、家族と共にベーカリー・マーズの閉店を手伝ってくれた。この先、簡単には声を聞けなくなるが、桃菜の活躍を火星から見ていよう。

「桃菜のこと、大好き。一生友達でいてね」

ひろ乃がそう言うと、桃菜はぽかんとして、見る間に涙をためた。

「当たり前じゃない。ずっと友達よ。どこにいてもずっとだよ。ひろ乃が笑えるような面白い漫画を描くからね。火星に送るよ。読んでね」

「うん」

「頑張って、人気漫画家になって、私もいつか火星に行こうかな。だってピエールがテキストに書いてたの。火星でも地球と同じように漫画描けるんだって。こっちでできることは、向こうでもできるんだよ」

そういえば、フランス人宇宙飛行士のピエールは日本の漫画が好きだと言っていた。読むだけではなく描くことも興味があって、それを実現しているのなら、希望が持てる。

「じゃあ私も、頑張れば向こうでパンが作れるかもしれないね」

そうだ。自分はプロだ。場所がどこであれ、本気ならできる。ひろ乃は真剣になった。

「原材料や設備を考えると、地球で開いていたような一般客向けのパン屋は難しいだろうけど、商売じゃないんだもの。採算は考えなくていいでしょう。それに火星では、時間に際限がない。私はパン作りだけに集中して……」

「ひろ乃」気が付くと、桃菜が呆れている。「お兄さんは？」

「え？」

「お兄さん、ほったらかしにする気？　開拓員の奥さんになるんでしょう。よくわかんないけど、なんだかんだ忙しいんじゃない？」

「あ……」

すっかり忘れていた。言われてみれば、そうかもしれない。確かに火星開拓員の妻なら、自分のことだけに没頭はできないだろう。

だが。

「でも私、妹だし」

「いやいや」と桃菜が引いている。「ここまで周りを巻き込んで、火星まで行って、やっぱり兄は兄でした、では通用しないでしょう。世界中からツッコミ入るよ。っていうか、あんたは本当にそういうの平気で言いそうで、すごくやだ。今はもう、お兄さんは彼氏だよね？　彼氏がお兄さんでしょう？」

「あはは」

そういうのはうまく使い分ければいい。昔、誰かに言われた気がする。

笑っておいたが、兄は今までも兄だったし、これからも兄だ。このまま変わらない可能性もゼロではない。

だがそれは地球での関係だ。火星では、どう変化するかわからない。会えない間は確かに複雑だった。プロポーズした側とされた側。一般的にはこっちが優位なのに、ずっと逆だった。贅沢なもので、会えない時は会いたいと思っていたが、いざ向かうとなるとそこまで楽しみではない。

意外と向こうも、それくらいの温度感ではないだろうか。実際に顔を見たら、昔の仲の良い兄妹に戻るかもしれない。

地球に向けた最後の映像のあと、兄とは連絡を取っていない。ひろ乃が火星に向かうことは知っているが、何も言ってこないのは、単に割く暇がないからだ。

当然だ。兄は世界中の人を視野に入れている。ひろ乃はその中の一人にすぎない。だからもっと、簡単に目の届く場所に行こう。いちいち兄がこっちを探さなくてもいいように。

地球だと、お兄ちゃんは馬鹿だから私ばかり見ている。

火星に行っても、火星から地球の私を見ている。

「だからこっちが行くしかない」

呟いた時、宇宙船への搭乗案内が開始された。ひろ乃は桃菜と抱き合った。しっかりと背中に手を回すと、涙がこみ上げてくる。人前で誰かと抱き合うなんて、初めてかもしれない。少し離れたところに両親もいる。小さく手を振っていた。

多くの人に別れを告げた。今から宇宙へ向かう。

信じられない。宇宙だ。火星へ行く。

現実味はまるでない。覚悟もなければ怖くもない。想像すらできないのだから、想像もしない。

ただ、兄が向こうで私を待っている。

そして、もし火星でまたパン屋が開けたなら、店の名前はベーカリー・マーズにする。

これは絶対だ。兄妹がどうなるかはわからないが、ベーカリー・マーズだけは絶対だ。

そう思うと不思議と足取りは軽く、ひろ乃は宇宙船の搭乗口へ向かった。

協力／アップルシード・エージェンシー

※本作品はフィクションであり、実在する人物、団体などとは一切関係ありません。

光文社文庫

文庫書下ろし
火星《かせい》より。応答《おうとう》せよ、妹《いもうと》
著　者　石《いし》田《だ》　祥《しょう》

2024年6月20日　初版1刷発行

発行者　三　宅　貴　久
印　刷　堀　内　印　刷
製　本　ナショナル製本

発行所　株式会社　光　文　社
〒112-8011　東京都文京区音羽1-16-6
電話（03）5395-8147　編　集　部
8116　書籍販売部
8125　制　作　部

落丁本・乱丁本は制作部にご連絡くだされば、お取替えいたします。
ISBN978-4-334-10280-7　Printed in Japan

組版　萩原印刷

光文社文庫最新刊

〈磯貝探偵事務所〉からの御挨拶　小路幸也

繭《まゆ》の季節が始まる　福田和代

新しい世界で　座間味《ざまみ》くんの推理　石持浅海《いしもちあさみ》

不知森《しらずもり》の殺人　浅見光彦シリーズ番外　和久井清水

ＳＣＩＳ　最先端科学犯罪捜査班SS Ⅱ　中村　啓《ひらく》

はい、総務部クリニック課です。　あれこれ痛いオトナたち　藤山素心《もとみ》